Benno J. Pöhler

Weitgehend unbeschwert

© 2020 Pöhler Benno J.

Herstellung und Verlag:

BoD – Books on Demand, Norderstedt

ISBN: 9783752669350

Gewidmet
meinen Eltern Elisabeth und Josef

Aufgeschrieben
für Hildegard, Lucas und Robert

Alles Konjunktive führt zu nichts

hätte – wäre – wenn
bleiben doch im Ungefähren

… du bleibst doch immer, wer du bist

Inhalt

Zuhause

Die Flugzeuge kamen in breiter Formation und tief gestaffelt. Es dämmerte schon an diesem späten Märznachmittag. Ihre Bomben wirkten tödlich und verheerten die ganze Stadt. Bald war sie ein einziges Trümmerfeld und die Schuttberge türmten sich in den Himmel. Wohin damit, denn man brauchte Platz, um die Stadt wieder aufbauen zu können. So entschlossen sich die Stadtväter, draußen, weit außerhalb vor den Toren, den Schutt zu lagern. Das war klug gedacht; konnte daraus in den Jahren nach dem Krieg doch bald ein Sportstadion gebaut werden, nur ein paar hundert Meter entfernt von meinem Elternhaus, wo ich aufwuchs. Das alles geschah vor meiner Zeit.

Als ich aufwuchs, war die Stadt schon wieder weitgehend aufgebaut und nur hier und da gab es noch Baulücken. In die größte sollte dann in den fünfziger Jahren der Kaufhof-Konzern eine Filiale bauen, die lange Zeit die Einkaufsstraße der Innenstadt dominierte.

Da war die Stadt noch mittelgroß. Sie wollte immer Großstadt sein und verglich sich ständig mit dem nahen, ungeliebten und protestantischen Bielefeld. Später, viel später wurde sie auch eine Großstadt, doch eher nominell durch Eingemeindungen und weniger durch Flair.

Richtige Industrie, Fabriken, so wie im nicht sehr weit entfernten Ruhrgebiet, hatten wir nicht, dafür einen gesunden, westfälischen Mittelstand, zwei Hochschulen, eine theologische und eine pädagogische und die CDU hatte leichtes Spiel. Doch alles war gediegen und überschaubar und behütet und sehr, sehr katholisch.

Ich komme aus einer großen Familie mit verzweigter Verwandtschaft von Onkeln und Tanten, Vettern und Cousinen. Als wir uns vor vielen Jahren mal trafen, kamen wohl weit über hundert Leute zusammen. Auch meine eigene Familie mit meinen vier Schwestern und Brüdern ist recht groß. Wenn wir uns treffen, dann sind wir gut und gerne an die dreißig Personen, Kind und Kegel mitgerechnet. Doch das kann man überhaupt nicht vergleichen mit den Familien meiner Eltern; dagegen waren und sind wir ja eher eine Kleinfamilie, wo doch meine Mutter immerhin unter acht Geschwistern und mein Vater ebenfalls unter acht Geschwistern aufwuchsen. Während sich auf Mutters Seite Jungs und Mädels so ziemlich die Waage hielten, war Vater das jüngste Kind, ein Nachkömmling und einziger Sohn nach sieben Mädchen. So kam es, dass Vater der Onkel von Neffen und Nichten war, die nicht viel jünger oder gar gleich alt waren.

Meine Eltern hatten sich erst einige Jahre nach dem Krieg kennengelernt und sie heirateten in einer Zeit, als Lebensmittel noch streng rationiert waren. Eine Hochzeit nach dem Krieg! Das war eine große Sache. Nach all dem Leid, den Schrecken und Entbehrungen, war das ein Lichtblick, ein Schimmer am Horizont einer ungewissen Zukunft. Kein Wunder, dass sich die ganze Verwandtschaft auf das bevorstehende Fest freute. Einige von Vaters Schwestern, vor allen Dingen die, die im Ruhrgebiet wohnten, hatten durch Kriegsbomben ihre Wohnungen verloren und waren samt Familie wieder zu den Eltern gezogen. So waren jede Kammer und jede Ecke, die zum Schlafen taugten, in dem kleinen Fachwerkhaus belegt. Zeitweise wohnten an die fünfundzwanzig Personen, Kinder, Heranwach-sende und Erwachsene im Haus. Meine Großel-tern, Vaters Eltern, gaben sich alle Mühe für diese Hochzeit. Schließlich war Vater ihr einzi-ger Sohn und damit auch der Erbe des beschei-denen Vermögens, ein Kotten mit einer Kuh, ein paar Schweinen und einem Haufen Federvieh.

Oma aber lief bei solchen Herausforderungen zur Hochform auf; nutzte Beziehungen und tauschte, was das Zeug hielt, mochten die Zeiten auch noch so schlecht sein. Eine ordentliche Hochzeitsfeier, bei der alle ohne Ausnahme satt und zufrieden sein würden – wie in Friedenszei-ten, das wollte man schon bieten. Die Leute soll-ten noch lange von dieser Feier sprechen. Und so geschah es. Noch Jahrzehnte später erinnerten sich diejenigen, welche von denen, die dabei gewesenen waren, noch lebten, an diese Feier, diesen hellen Höhepunkt in einer noch schweren Zeit.

Mein Elternhaus war das, was man im Westfälischen einen Kotten nennt. Ein kleiner Bauernhof, bestehend aus einem Fachwerkhaus, in dem auch die Stallungen für die Tiere untergebracht waren. Quer an das Fachwerkhaus war ein zweigeschossiges Backsteinhaus gebaut, in dem sich Wohnräume befanden und in dessen erstem Stock zwei Zimmer an die ausgebombte Familie Brink vermietet waren. Wenige Meter hinter dem Haus befand sich noch eine Scheune mit einer Wagenremise und noch ein Hühnerhaus – das war's. Im Fachwerkhaus befand sich auch noch eine gepflasterte Deele, die so groß war, dass man mit einem mit Heu oder Stroh beladenen Wagen hineinfahren konnte.

Zu einem Kotten gehörten auch einige Morgen Land, Weiden und Felder. Selten waren die Anwesen so groß, dass man sie in Hektar maß, Morgen reichte völlig aus. So ein Kotten konnte allenfalls als Nebenerwerbshof durchgehen, für einen Bauernhof, der eine Familie ernähren musste, war so ein Anwesen zu klein. In einem Kotten hatte der Bauer meistens ein oder zwei Schweine, eine Kuh und jede Menge Federvieh. Im Übrigen aber wurde das Haupteinkommen in einem Brotberuf verdient. Genau so war das auch bei uns. Vater war gelernter Tischler und verdiente sein Geld jetzt bei der Bahn. Durch eine Kriegsverletzung hatte er einen steifen Arm davongetragen, der es ihm unmöglich machte, seinen erlernten Beruf auszuüben.

Tagsüber und später auch im Schichtdienst arbeitete Vater im nahen Ausbesserungswerk und nach Feierabend ging es dann erst richtig los. Wir hatten eine Kuh und meistens so zwischen zwei und vier Schweine und die wollten ja versorgt sein. Da musste dann die ganze Familie ran. Das waren Vater und Mutter und Oma und Tante Katharina, Vaters ältere und alleinstehende Schwester, die in unserem Haushalt lebte. Oma war seit einigen Jahren Witwe und Tante Katharina war unverheiratet. Als Kind hatte sie, nach Omas Erzählungen, eine schwere Krankheit gehabt und war seitdem geistig zurückgeblieben. Später waren wir fünf Geschwister und Tante Katharina war die beste Kinderfrau, die man sich wohl vorstellen kann. Sie war immer hilfsbereit, freundlichen Gemüts und ohne ihre Hilfe im Haushalt hätte vieles in der großen Familie nicht funktioniert. Ich war ihr besonderer Liebling und wehe, man war nicht freundlich mit mir; da konnte Katharina ganz schön heftig werden.

Oma und Tante Katharina kümmerten sich um den großen Nutzgarten, in dem allerlei Gemüse, praktisch unser gesamter Eigenbedarf angebaut wurde. Auch wir Kinder wurden voll und ganz, je nach Alter und Kraft herangezogen. Immer wieder hieß es, mal als Frage oder als Anweisung, kannst du mal dies und jenes tun; was zu den unauslöschlichen Erinnerungen meiner Kindheit gehört.

Was den Stall und Tiere anging, so war es Mutters Sache, sich um die Kuh zu kümmern, die zweimal am Tag, morgens und abends, gemolken werden musste. Vater konnte das nicht machen, weil er mit seiner Kriegsverletzung nicht melken konnte, also kümmerte er sich, was die Stallarbeit anging, hauptsächlich um die Schweine, das Ausmisten der Ställe und um das Futter für die Tiere. Später, als ich schon zur Schule ging, habe ich das Melken auch gelernt und hin und wieder musste ich das dann übernehmen.

Wir wohnten weit außerhalb am Rande der Stadt, ländlich umgeben von Äckern und Wiesen und nicht weit hinter unserem Haus schlängelte sich ein Fluss durch die Wiesen. Unser Land, Wiesen und Äcker befanden sich direkt neben unserem Haus und auch auf der anderen Straßenseite hatten wir ein paar Morgen. Ursprünglich, als Vaters Vater, Opa Wilhelm zur Jahrhundertwende den Kotten gekauft hatte, gehörte mehr Land dazu. Aber im Laufe der Zeit wurde, immer mal wieder, aus den verschiedensten Gründen, möglicherweise auch wegen Erb- und Mitgiftsachen, ein Stück als

Bauland verkauft. Auf diese Weise waren um unseren Hof herum im Laufe der Jahre und Jahrzehnte eine Anzahl von Einfamilienhäusern entstanden. So war der ursprüngliche Besitz auf dann nur noch drei Hektar zusammengeschrumpft, als mein Vater sein Erbe antrat. Viel zu wenig für einen Hof, aber genug für einen landwirtschaftlichen Nebenerwerb.

Land verkauft man nicht, heißt es eigentlich unter Landwirten. Weil sie wissen, das Land, einmal verkauft, nur sehr selten wieder zurückkommt. Land ist nicht vermehrbar. Aber solche Gesetzmäßigkeiten gelten nur für den, der sie sich leisten kann und das war in meiner Familie und bei unseren Altvordern eben nicht der Fall. In meiner Kindheit hatten wir aber noch genügend Land, um eine Kuh und die Schweine zu ernähren. Dazu musste allerlei angebaut werden. Wir hatten Roggen, Runkelrüben, Kartoffeln und natürlich Wiesen, um Heu für den Winter zu haben.

Die Straße, an der wir wohnten, war eine schöne Allee und hatte eine gewisse Tradition. In früheren Jahrhunderten, als die Bischöfe noch die eigentlichen Herren unserer Stadt waren, benutzen sie diese Straße, um von der Stadt in ihre Sommerresidenz zu fahren. Deshalb hieß sie auch Fürstenweg. Die Straße war als Chaussee angelegt und in meiner Kindheit noch nicht asphaltiert, sondern mit Schotter belegt. Zu beiden

Seiten zog sich ein Wassergraben hin und in regelmäßigen Abständen wuchsen mächtige Kastanien. Nur vor unserem Haus stand eine gewaltige Eiche, die die Kastanien weit überragte, ein übrig gebliebener Baum aus dem vorherigen Jahrhundert, als nach westfälischer Tradition die Höfe noch allesamt mit Eichen umpflanzt waren. In früheren Zeiten bekam jedes Kind, wenn es dann den elterlichen Hof verließ, einen Baum als Mitgift. Daraus wurden dann die Möbel gefertigt, die oftmals ein ganzes Leben und länger noch bestanden.

Es war bitterkalt an diesem zweiten Weihnachtsabend 1947. Der Schnee lag hoch und so beschränkte man sich bei den obligatorischen Weihnachtsbesuchen in der Verwandtschaft auf die nächstwohnenden. Es war ein ruhiges und schönes Fest gewesen, dass einen besonderen Glanz dadurch erhielt, dass seit einem halben Jahr ein Kind im Haus war. Seit Juni, gehörte der erste Nachwuchs, das war ich, von Omas Jüngstem, zur Familie. Der Stammhalter war da und bildete natürlich, wie das in allen Familien so ist, den Mittelpunkt der Feiertage.

Alles war ruhig im Haus; Oma und Tante Katharina schliefen bereits und Brinks waren von einer Feier erst vor einer halben Stunde zurückgekommen. Mutter und Vater waren gerade erst zu Bett gegangen, als heftig an ihr ebenerdiges Schlafzimmerfenster geklopft wurde. Draußen

14

schrie jemand: „Es brennt, das Haus brennt!"
Vater stürzte sofort nach draußen, wo sich bereits die ersten Nachbarn auf der Straße eingefunden hatten. Aus dem Dach schlugen bereits die Flammen. Bald waren alle Bewohner aus dem Haus evakuiert und man versuchte noch, Betten und Hausrat zu retten. Doch das Feuer griff schnell um sich. Da war nur wenig zu retten.

Brinks waren am Abend bei Verwandten gewesen und da es beim Heimkommen sehr kalt in ihren Zimmern war, hatte Herr Brink noch versucht, den Ofen schnell auf Hitze zu bringen. Dabei muss es zu Funkenflug gekommen sein. Holz und Stroh unter dem Dach entzündeten sich, alles brannte wie Zunder und so vernichtete das Feuer Haus und Stallungen und alles brannte bis auf die Grundmauern nieder. Gott sei Dank gab es weder bei Menschen noch bei den Tieren einen Schaden an Leib und Leben.

Wie damals und vor allem in ländlichen Gegenden üblich, half man sich gegenseitig und zögerte nicht lange mit dem Wiederaufbau, sobald die Witterung dies zuließ.

Nach einem Jahr war das Haus fertig und wir alle zogen dann in das wiederhergestellte Haus, diesmal aber in Backstein- und nicht in Fachwerkbauweise. Weder Oma noch Tante Katharina hatten eigene Wohnungen. So waren wir eine Familie von drei Generationen, die nicht nur in einem Haus unter einem Dach lebten, sondern Küche, Wohnzimmer und Bad, Toiletten und Keller wurden wirklich von allen genutzt. Nur die Schlafzimmer waren separat. Niemand wäre auf die Idee getrennter Wohnungen gekommen, denn schließlich kochten und aßen alle in der gleichen Küche und hörten sonntags im gemeinsamen Wohnzimmer Radio. Gottseidank hatten Vater und Mutter vorausschauend geplant, so hatten wir mit dem Neubau auch ein separates Bad mit Kohlebadeofen erhalten. Zu dieser Zeit keineswegs eine Normalität!

Eine Deele hatte das neue Haus nicht mehr; jetzt war der zentrale Raum die Waschküche. Wir nannten sie so, weil da alle vier Wochen die große Wäsche zelebriert wurde. Ansonsten wurde dort das Schweinefutter gekocht, die Fahrräder untergestellt, Schuhe geputzt und allerlei Sonstiges untergebracht. Von hier aus ging es in den Keller, in die Ställe für Schweine und Kuh, zum Heuboden, in den Raum, den wir Werkstatt nannten und in dem auch Vaters Hobelbank stand – und eine kurze Treppe hoch, zu den Wohnräumen und in den ersten Stock.

In ländlichen Gegenden war es üblich, dass man als Nachbar, als vertrauter Besucher, die Familie sowieso, ein Haus fast ausnahmslos über den Hof- oder Hintereingang betrat. Der Vordereingang blieb den offiziellen Besuchern vorbehalten. Spätestens beim zweiten Besuch, nahm man dann aber den Hintereingang. Das hatte durchaus Vorteile. Wer nämlich von draußen, über den damals noch ungepflasterten Hof das Haus betrat, musste erst einmal durch die Waschküche und trat dabei den Staub von den Schuhen, so dass Besucher mit relativ sauberen Schuhen in die Wohnung kamen. Das traf natürlich ganz besonders auf uns Kinder zu. Ein durchaus nützlicher Nebeneffekt.

In der Waschküche befand sich eine Konstruktion mit einem großen beheizbaren Kessel. Man hatte zwei Betonringe aufeinander montiert. In den Oberen hing man passgenau einen emaillierten Kessel ein, der wohl gut hundert Liter fasste und im unteren Betonring befand sich eine Feuerstelle mit Ofenklappe. Alles ganz einfach, aber wirkungsvoll. In den Kessel kamen sogenannte Schweinekartoffeln – das sind die weniger schmackhaften sehr großen Knollen, Runkelrüben und andere Feldfrüchte. Das Ganze wurde gekocht und an die Schweine verfüttert.

Einmal im Monat wurde der Raum seinem Namen gerecht, dann war Waschtag. Das war schwerste Arbeit und manchmal nahm Vater extra einen Tag Urlaub, um den Frauen, Mutter, Oma und Tante Katharina zu helfen. Waschmaschinen waren, zumindest in Haushalten unserer Kategorie, weitgehend unbekannt. Gewaschen wurde mit der Hand und mit Hilfe aller verfügbaren Hände. Dazu wurde der Emaillekessel gegen einen Kupferkessel ausgetauscht, in dem nun die Wäsche gekocht wurde. Ein großer Fortschritt war es dann, als später eine mechanische Wäschemangel angeschafft wurde, mit der mittels zweier Holzrollen und einer großen Kurbel das Wasser aus den Wäschestücken gepresst werden konnte.

Die große, durchweg weiße Bettwäsche wurde noch feucht und schwer zum Bleichen auf die Wiese gelegt oder, wenn die Sonne nicht schien, gleich zum Trocknen auf die Leine gehängt.

Unser Hof bestand aus drei Gebäuden. Da war das Wohnhaus mit den Ställen, ein Holzhaus für die Hühner und außerdem noch eine zum Hof hin nur an drei Seiten umbaute Scheune, mit einem zusätzlichen geschlossenen Raum, in dem Werkzeuge untergebracht waren. In der Scheune hatten ein Leiterwagen und verschiedene Karren Platz und alles, was sich so über die Jahre ansammelte: Schaufeln, Schüppen, wie wir sagten, Grasharken, Forken und Pflanzwerkzeuge, einige Sensen und Rechen.

Ob auf dem Hof, in den Feldern, ob im Garten oder bei den Tieren: Es gab immer etwas zu tun. Die Arbeit hörte nie auf. Sobald ich einigermaßen selbstständig war und auch schon zur Schule ging, war meine Hilfe auf dem Hof gefordert. Zu Anfang waren es meistens kleine

Aufgaben, wie helfen beim Unkrautjäten, Eier einsammeln, Hühner füttern und ähnliches. Je größer und kräftiger ich wurde, desto mehr Aufgaben konnte ich übernehmen. Aber Vater und Mutter achteten darauf, dass es immer Arbeiten waren, denen ich körperlich gewachsen war und ich wurde niemals überfordert und wenn doch, so lag das an mir. Manchmal traute ich mir zu viel zu.

So stand in unserem Garten ein Hackklotz, auf dem sowohl Holz gehackt wurde als auch so manches Huhn seinen Kopf verlor. Ein Beil lag ständig bereit. Eines Tages kam ich auf die Idee, mir aus einem Stück Holz ein Boot zu basteln. Dazu schien mir das Handbeil das geeignete Werkzeug. Ich schlug also solange die Späne von dem Stück herunter, bis ein Bootsrumpf erkennbar war. Plötzlich kam meine Schwester angelaufen und ich wurde abgelenkt. Da war dann mein linker Ringfinger dem Beil im Wege und eine große Wunde klaffte im unteren Fingerglied. Es blutete stark. Mit einem Pflaster war das nicht mehr zu retten, deshalb wickelte Mutter einen fachgerechten Verband um den Finger. Mein Boot konnte ich erst einmal vergessen. So blieb – bis heute – eine Narbe, weil die Wunde nicht genäht wurde. Aber wer wäre damals wegen einer solchen Kleinigkeit schon zum Arzt gelaufen?

Die Versorgung des Viehs war vor allem anderen vorrangig. Kuh und Schweine mussten regelmäßig gefüttert werden; zumal im Winter die Kuh mit Heu zu versorgen war, da sie die ganze Winterzeit über im Stall blieb. Vom Kuhstall führte eine Leiter steil hinauf in ein dunkles Loch zum Heuboden. Mir war immer ein bisschen unheimlich, wenn ich da rauf sollte, denn es war dunkel dort, ohne elektrisches Licht – und Mäuse gab es auch. Aber es nützte ja nichts. Die Kuh musste versorgt werden und das Heu in den Versorgungsschacht. Vater hatte nämlich eine einfache Konstruktion gebaut. Neben dem Loch für die Leiter hatte er noch ein Loch in die Decke geschlagen und darunter einen viereckigen, aufrechtstehenden, quadratischen Holzkasten montiert, der wie ein eckiger Tunnel bis zum Boden reichte. Dieser Kasten wurde von oben mit Heu vollgestopft. War es an der Zeit, die Kuh zu füttern, brauchte man lediglich eine Klappe an der unteren Seite der Kiste zu öffnen und konnte so Heu entnehmen, ohne jedes Mal wieder auf den Boden klettern zu müssen. Auf diese Weise hatte man einen Vorrat direkt im Stall und musste nur einmal in der Woche die Kiste wieder auffüllen. Vor dieser Aufgabe stand ich jetzt. Oft hatte ich das noch nicht gemacht, aber mit jedem Mal wurde es einfacher und ging auch schneller. Nachdem ich die Kiste ein Dutzendmal gefüllt hatte, ging das ruckzuck und war von da an von allen Arbeiten auf dem Hof eine der Einfachsten.

Eine meiner mit Abstand unbeliebtesten Aufgaben war es, unsere Kuh zu hüten. Ich hasste das. Hüten wurde immer dann notwendig, wenn das Tier nach Meinung meiner Eltern frisches Gras haben sollte. Der Kuh wurde dann ein Halfter angelegt, an dem ein etwa drei Meter langer Strick angeknotet wurde. Dann ging es an den Straßengraben, wo frisches Gras wuchs. Ich stand als Hütejunge daneben und hatte eigentlich nichts zu tun, als der Kuh beim Fressen zuzuschauen. Das war ermüdend langweilig. Ich empfand das schon früh als Strafarbeit. Außerdem wollte ich nicht, dass mich eventuell vorbeikommende Klassenkameraden so sahen. Da wir weitab vom Schuss wohnten, bestand diese Gefahr eher nicht, aber trotzdem hätte es mir ganz und gar nicht gefallen. Warum das so war, weiß ich nicht, denn schließlich handelte es sich ja um eine durch und durch seriöse Tätigkeit. Aber als Kind sieht man die Dinge halt oftmals anders.

Dabei hatten meine Eltern keine Wahl. Ohne die Tiere, das Milchgeld und die Versorgung aus dem eigenen Garten, hätte unser Leben bei stetig wachsender Familie und nur einem Einkommen von Vater, nicht funktioniert.

Wir hatten einen großen Nutzgarten, wie es sich zur damaligen Zeit für Selbstversorger gehörte und dort gab es alles, zumindest an Gemüse, was man zum täglichen Leben und das ganze Jahr über braucht. Der Garten war Familiensache und alle arbeiteten mit. Im Frühjahr wurden Kartoffeln gesetzt und da das unsere Hauptnahrung war, wurden entsprechend viele Reihen gepflanzt. Es gab verschiedene Sorten Salate, Stangenbohnen, Kohl jeder Art, Wirsing und Zwiebeln, Himbeeren und zuweilen auch Erdbeeren. Experimentiert wurde mit Tomaten und der Anbau von Gurken war selbstverständlich. Alles wuchs prächtig im leichten Sandboden und dennoch forderte der Garten nahezu jeden Tag Einsatz und Arbeit. Im Grunde waren es eher leichte Arbeiten und damit durchaus für Kinder geeignet. Fast täglich musste an irgendeiner Ecke das Unkraut entfernt werden. Und wenn es zu trocken war, dann wurde gegossen. Neben dem Gartentor hatte Vater ein langes Rohr in die Erde geschlagen. War das Rohr zwei bis drei Meter tief eingedrungen und damit das Grundwasser erreicht, das wegen des nahen Flusses bei uns recht hoch stand, wurde Wasser in das Rohr gegossen und auf diese Weise eine Wasserblase unterirdisch ausgespült. Schließlich wurde eine Schwengelpumpe oben auf dem Ende des Rohrs montiert und festgeschraubt. Vorne am Pumpenhals befand sich ein geschmiedeter Haken, in den man einen Eimer oder eine Gießkanne hängen konnte und mit viel Muskelkraft war die Bewässerung an trockenen Tagen gesichert. Der Nachteil dieser Art von Bewässerung liegt darin, dass man Eimer für Eimer pumpen muss und nicht etwa ein elektrisches Bewässerungssystem anschließen konnte. Was es heute für wenig Geld in jedem Baumarkt gibt, war zu jener Zeit nicht verfügbar oder nur als Profianlage für viel Geld zu haben.

Natürlich hat man auf so einem Hof eine Menge an Werkzeugen und gerade im Garten und auf dem Feld braucht man Sensen, Scheren, Äxte und Beile, also allerlei Schneidwerkzeuge, die regelmäßig geschärft werden mussten. Für das Dengeln der Sensen hatte Vater zwar einen entsprechenden Dreifuß, wie ihn auch Schuster benutzen, und für den Feinschliff auch einen handlichen Wetzstein. Für den Grundschliff, egal ob an Sense, Axt oder Baumschere, gab es einen großen gelben runden Schleifstein, der auf einem Ständer drehbar befestigt war und praktischer Weise neben der Pumpe stand. Denn zum Schärfen brauchte man notwendig Wasser.

Auch beim Wasser waren wir Selbstversorger. Zu dieser Zeit hatten die Häuser so weit außerhalb der Stadt noch keinen Anschluss an die zentrale städtische Wasserversorgung. Deshalb gab es im Keller unseres Hauses einen Brunnen, der nach dem gleichen Prinzip funktionierte, wie die Schwengelpumpe im Garten. Nur dass an das Pumpenrohr im Keller eine elektrische Pumpe angeschlossen war, die das Wasser in einen Behälter pumpte, aus dem dann die Leitungen im Haus versorgt wurden. Das Wasser war sehr eisenhaltig und darum immer leicht gelblich. Doch das störte uns nicht.

Eine Zentralheizung gab es bei uns nicht. Wir heizten nur in den Zimmern, in denen es notwendig war mit Kohleöfen und später auch mit Ölöfen. In der Küche stand ein großer Herd zum Kochen und Backen, der ebenfalls mit Holz und Kohle beheizt wurde.

Wir waren also, abgesehen vom Strom, weitgehend autark. Heute wären wir auf einen solchen Zustand stolz, damals aber war das der Stand der Zeit und oftmals genug empfanden wir dies als wenig komfortabel, wenig erstrebenswert und wir sehnten uns nach mehr Komfort.

Selbstversorger

U nser Leben spielte sich, wenn wir nicht draußen waren, weitgehend in der Küche ab. Hier wurde gekocht, Schularbeiten gemacht, Obst eingekocht, Säfte hergestellt und natürlich jeden Morgen, Mittag und Abend gegessen.

Nur an den Sonntagen aßen wir im Wohnzimmer, der guten Stube. Die gute Stube hatte durchaus ihren Sinn. Auf diese Weise gab es im Haus immer ein Zimmer, das zu jeder Zeit vorzeigbar war und in das man Besucher führen konnte und sonntags stand dieses Zimmer, die Stube eben, der Familie zur Verfügung. Eine besondere Wertschätzung nicht nur für die Familie, sondern auch für den festlichsten Tag der Woche!

Das zentrale Möbel in der Küche, mal abgesehen vom Herd, war der Küchentisch, an dem in den besten Zeiten die gesamte Familie, also neun Personen ihren Platz fanden. Für uns Kinder hatte Vater als gelernter Möbeltischler extra Sitzhocker gebaut. Hoch und stabil und vor allem platzsparend, ließen sie sich unter den Tisch schieben.

Selbstverständlich wurden auch die Schularbeiten am Küchentisch erledigt, auch wenn dabei das Radio lief. Vater hatte ein schönes großes und wohlklingendes Radio gekauft, nachdem der alte Kasten, über den wir noch die Übertragung der Fußballweltmeisterschaft 1954 in Bern gehört hatten, seinen Geist aufgegeben hatte.

Dieses Klangmöbel stand auf einem Holzbord, das, eigens von Vater gebaut, ein Extrafach für die Tageszeitung aufwies. Ich war schon früh sowohl am Radio als auch an der Zeitung interessiert. Kam ich aus der Schule, nahm ich, manchmal noch mit dem Tornister auf dem Rücken, oftmals erst die Zeitung zur Hand, blätterte durch und wollte wissen, was es Neues gab. Radio Luxemburg, von dem in diesen Jahren viele schwärmten, konnten wir nicht empfangen, dafür hörte ich lange die monotone Stimme des Sprechers, der die zu dieser Zeit noch allfälligen Suchmeldungen nach kriegsvermissten Personen vorlas. Nicht, dass mich das besonders interessiert hätte, aber die Dudelei hatte wohl etwas Beruhigendes. Einen Fernseher gab es da noch nicht bei uns und das Radio lief sehr oft. Schon deshalb, weil Vater und Mutter an den Wettermeldungen interessiert waren und die Voraussagen, die weitaus ungenauer waren, als wir es heute gewohnt sind, darüber entscheiden konnten, welche Feldarbeit anstehen würde. Wenn die Erwachsenen den Wettermeldungen mistrauten, dann wurde der Hundertjährige bemüht. Das war ein Kalender, der jährlich von bäuerlichen Genossenschaften herausgegeben wurde und in dem Tag für Tag, das Wetter, wie es vor hundert Jahren an genau diesem Tag gewesen war, aufgezeichnet war. Dazu mit allerlei Kommentaren und landwirtschaftlichen Tipps versehen. Es gab keinerlei wissenschaftlichen Beweis für den Hundertjährigen. Aber solange man sich nicht sklavisch an ihm orientierte, schadete er auch niemandem.

Für das Kochen, Backen, Einkochen und Saft machen und viele andere Dinge und schließlich auch zum Heizen hatten wir den großen Herd in der Küche. Ein mächtiges Ding mit umlaufender verchromter Stange, an der sich Handtücher aufhängen ließen und die auch einen Schutz vor Verbrennungen darstellte. Das Ding hatte sogar ein Fach, in dem man Essen warmstellen konnte oder auch alles Mögliche, so zum Beispiel Anmachholz trocknen konnte. Meistens behielt der Herd auch über Nacht ein kleines Feuer, zumindest im Winter, so dass man morgens nur noch ein wenig Holz nachlegen musste und schon wieder ein Feuer für Kaffeewasser und andere Dinge hatte.

Das Mittagessen wurde gewöhnlich von Oma und unserer Mutter zubereitet. Tante Katharina fiel die Aufgabe des Kartoffelschälens zu. Eine nicht zu unterschätzende Tätigkeit, die Ausdauer und Akkuratesse verlangte. Kartoffeln zählten zu unseren Hauptnahrungsmitteln und waren im wahrsten Sinne des Wortes unsere Sattmacher. Geschält wurde mit einem kleinen

Schälmesser und das musste gekonnt sein. Wurden die Kartoffeln zu dick geschält, freuten sich die Schweine über Futter, wurden sie zu dünn geschält, gab es weniger Schalenabfälle und das war nun auch nicht im Sinne einer erfolgreichen Schweinemast. Nun – Tante Katharina hatte ihr Leben lang Kartoffeln geschält und die Sache voll im Griff.

Immer gab es frisches Gemüse und freitags kam nie Fleisch, aber ab und an Fisch auf den Tisch. Im Gegensatz zu heute war Fisch in diesen Jahren ein eher billiges Lebensmittel. Fleisch hingegen war schon immer teuer und deshalb gab es das immer sonntags, ab und an auch mal in der Woche. Bis auf den Fisch und gelegentlich einen Rindfleischbraten und Käse kam nahezu alles was wir aßen, aus eigener Herstellung. Auch die Butter, Milch und jede Art von Gemüse sowieso, Marmelade, Apfelsaft und andere Obstsäfte produzierten wir selbst. Natürlich kamen auch Schinken, Leberwurst, eingemachtes Fleisch, Sülze und Mettwurst aus eigener Schlachtung auf den Tisch. Und alles reichlich. Meistens blieb nach den Mahlzeiten etwas übrig und das bekamen dann die Schweine.

Alles war zur Genüge vorhanden! Doch was man kennt, das schätzt man selten. Das galt ganz besonders für uns Kinder. Samstags fuhr Mutter mit dem Fahrrad ins Nachbardorf und kaufte die

Sachen ein, die sie zum Wochenende und auch sonst an Lebensmitteln noch zukaufen musste. Zuweilen auch in der einzigen Metzgerei im Dorf, bei Thombandsen. Das war dann immer ein Fest für uns. Denn bei Thombandsen gab es eine Wurst, von der wir Kinder der Meinung waren, dass es so etwas gut schmeckendes nur im Laden und nicht aus unserem Räucherschrank gab. Wir waren scharf auf Plockwurst und Wiener Würstchen, die bei uns aber Knackwürste hießen, aus einer richtigen Metzgerei und nicht immer Selbstgemachtes. Doch Mutter kaufte Knackwürste nur zu Weihnachten und zu Silvester. Vater spottete zwar regelmäßig und zog die Augenbrauen hoch, wenn wir wieder von der Plockwurst schwärmten, aber das konnte uns nicht irritieren. Vater stand deutlich auf der Seite des selbst Produzierten und er wusste natürlich genau um den Wert der hausgemachten Ware.

Einmal im Jahr wurde ein befreundeter Metzger engagiert; das war am Schlachttag und unsere Waschküche wurde in eine Wurstküche umfunktioniert. Wir Kinder hatten am Schlachttag allerdings weitgehend Hausverbot oder um genau zu sein, wir durften bei der eigentlichen Schlachtung des Schweins natürlich nicht in der Nähe sein. Darauf achtete Mutter penibel und wir mussten uns weitab im Zimmer bei Oma aufhalten.

In der Waschküche war in etwa dreißig Zentimeter Höhe ein Eisenring in der Wand eingelassen. An diesem Ring wurde das Schwein, das zu schlachten war, angebunden. Das ging nicht ohne Lärm ab. Denn die Schweine ahnten wohl instinktiv, was da passieren sollte und das ausgesuchte Opfer ließ sich nur schwer anbinden. War das dann endlich passiert, nahm der Metzger einen großen Vorschlaghammer und betäubte damit das Tier. Ein Bolzenschussgerät kam erst in späteren Jahren zur Anwendung. Ob das eine oder andere Verfahren schonender für das Opfer war, wage ich nicht zu beurteilen. Im Ergebnis waren sie gleich.

Im betäubten Zustand wurde das Schwein, kopfüber an eine Leiter gebunden, mit einem Stich in die Kehle zum Ausbluten gebracht. Das Blut lief in eine Wanne und wurde noch warm ständig von dem Metzger umgerührt und für die Blutwurstmasse angesetzt. Im Prinzip hat sich das alles bis heute nicht geändert, nur dass es heute professionell industriell abläuft.

Wenn das Schwein zerlegt war, wurde Schinken, Würste, Sülze und allerlei mehr aus den Schweineteilen produziert. Es war üblich, dass der Metzger sein eigenes Werkzeug mitbrachte und neben einer beachtlichen Anzahl an Messern hatte er auch eine Wurstmaschine und eine Dosenverschlussmaschine dabei.

Ab jetzt durften wir Kinder dabei sein. Entweder wir schauten zu oder halfen auch schon mal und sorgten dafür, dass das Feuer unter dem Waschkessel nie ausging. Denn der wurde ständig gebraucht. In ihm wurden die Würste und das einzukochende Fleisch gekocht, bevor es in Gläser und Dosen kam und auf diese Weise haltbar gemacht wurde. Die Schinken wurden zurechtgeschnitten, gesalzen und kamen dann zum Reifen in den Keller.

Mutter achtete dabei peinlich darauf, dass wir Kinder nicht in die Nähe der scharfen Messer kamen. Spannend war es für uns auch in der Küche. Dort hatte Oma das Kommando. Der Herd lief auf vollen Touren und wir Kinder sorgten für Nachschub an Holz und Kohle. Oma und Tante Katharina kochten hier in großen Kesseln die Dosen und Gläser ein und nebenbei brutzelte in mindestens zwei Pfannen allerlei falsche Koteletts, Brägen und Geselchtes. Fleisch gab es an solchen Tagen mehr als reichlich, alles heiß und fettig, aber sehr schmackhaft und gut! Oft half auch noch eine Nachbarin oder eine in der Nähe wohnende Tante. Und immer wurden alle, die geholfen hatten, mit einem ordentlichen Fleischpaket belohnt.

An Schlachttagen herrschte immer eine angespannte, etwas hektische, aber fröhliche Stimmung. Mutter und Vater gingen in der Waschküche dem Metzger zur Hand. Und da die Arbeit schwer, die Luft sehr warm und schwadig war, wurde zwischendurch immer mal wieder ein Korn oder Doppelwacholder – meistens nur für den Metzger – getrunken. Bier gab's erst nach Feierabend – denn von Bier wurde man besoffen, aber Schnaps galt als gesund.

In einem unserer Kellerräume hatten wir einen Räucherschrank und dort gab es auch einen gemauerten Steintrog, groß wie eine Badewanne. Dorthinein kamen die Schinken, wurden eingesalzen und auf diese Weise schmackhaft und haltbar gemacht, bevor sie endgültig mit all den Würsten geräuchert wurden. Davon musste man etwas verstehen. So wie der Wein erst nach der Lese in der Verarbeitung Geschmack und Struktur bekommt, so werden durch die Lagerung und das Räuchern Schinken und Würste erst genießbar. Das alles war Vaters Sache, besonders die Vorgänge um das Räuchern.

Und immer mal wieder wurde auch mit den westfälischen Mettwürsten experimentiert. Je nach Metzger, abhängig von den Zutaten und Gewürzen und natürlich von der Art des Räucherns, schmeckten die Würste mal kräftiger, mal aromatischer und leider auch mal salziger, als wir es mochten.

An die von uns Kindern so geliebte Plockwurst kamen unsere selbstgemachten Mettwürste geschmacklich nie so richtig ran. Und so ging es uns auch mit den Knackwürsten. Die

Eltern wollten uns Kindern wohl eine Freude machen und ließen beim nächsten Schlachttag den Metzger auch Knackwürste anfertigen. Aber diese gerieten dann, zumindest was unseren Kindergeschmack anging, doch etwas sehr würzig. Wir favorisierten weiterhin Thombandsen's Würstchen.

Zu richtigen Selbstversorgern gehört auch ein ordentlicher Hühnerstall mit einem Hahn und reichlichem Bestand an Federvieh. Jeden Morgen sammelte Mutter oder auch Tante Katharina die Eier ein. Manchmal beim Spielen entdeckten wir Kinder ein verstecktes Nest. Irgendein verrücktes Huhn hatte dies abseits der üblichen Gelege gebaut und dort seine Eier abgelegt, oft über Tage hinweg. Wir liefen dann zu Mutter und berichteten aufgeregt den Fund; meistens gab es dann abends eine große Portion Omelett. Überhaupt waren Eier eine einfache und beliebte Stärkung. Wenn mein Vater nachmittags zum Spätdienst bei der Bahn fuhr und noch bis spät in der Nacht einen langen Arbeitstag vor sich hatte, dann machte Mutter eine Tasse Bohnenkaffee, schwarz natürlich, und schlug ein rohes Ei hinein. Das war offensichtlich Kraftfutter und Vater fuhr mit dem Fahrrad gestärkt zum Dienst.

Die Hühner versorgten sich weitgehend selbst. Es gab einen großen Hühnerhof mit einer Wiese und nur ab und an musste etwas Roggen gestreut werden. Gelegentlich wurde auch ein

Huhn geschlachtet. Das war Vaters Sache. Wenn er ein kleines Beil zur Hand nahm und den Weg zum Hühnerstall einschlug, dann war klar, dass es am nächsten Tag ein schmackhaftes Frikassee geben würde.

Vater schnappte sich ein Huhn, fasste es an den Beinen und ging damit zu einem knapp in die Erde eingelassenen Baumstamm, der uns als Hackklotz diente. Darauf wurde das Huhn platziert, ein Schlag mit dem Beil und anschließend durfte Tante Katharina die Federn rupfen. Der Hauklotz, wie wir sagten, hatte so seine Stellen, die von Hühnerblut gefärbt waren, wurde von uns aber für alle möglichen Arbeiten benutzt. Sobald es uns Kindern erlaubt war ein Beil zu halten, nutzten wir den Hauklotz für alle möglichen Dinge. Schließlich mussten immer mal wieder Flitzebögen aus biegsamen Weidenästen oder Holzschwerter und vieles andere, meist martialisches Spielzeug gebastelt werden. Uns fiel immer wieder etwas ein und Langeweile kam nie auf.

Einen nicht unerheblichen Teil unserer Selbstversorgung lieferte unsere Kuh. Von ihr erhielten wir die Milch, die wir zum Trinken, für allerlei Gerichte und schließlich auch für die gute Butter brauchten, und ein Teil der Milch wurde verkauft und stellte damit neben Vaters Lohn eine feste, wenn auch geringe Einkommensquelle dar. Damit aber die Kuh auch regelmäßig Milch gab, musste sie einmal im Jahr gedeckt werden. Allerdings geschah das nicht, wie heute üblich, durch künstliche Besamung, sondern auf ganz natürlichem Wege. Die Kuh musste also zum Bullen. Doch woher den nehmen? Eine Stunde fußläufig von uns, hatte Onkel Konrad, der Vetter von Vater, einen mittleren Bauernhof, den er, im Gegensatz zu uns, voll bewirtschaftete. Neben einer Anzahl Kühen und auch zwei Pferden, besaß er auch einen Stier. Sobald die Kuh bullig war, was meine Eltern offenbar am Verhalten der Kuh erkannten, nahm Vater das Tier an einen festen Strick, der mit einem Halfter am Kopf festgemacht war und wir gingen zu Onkel Konrad, um die Kuh bespringen zu lassen. Ich konnte mir überhaupt nicht vorstellen, um was es da eigentlich ging. Mir war nur aufgefallen, dass sich die Kuh sehr merkwürdig und aufgeregt verhielt. Sonst ruhig, eher phlegmatisch und kaum von der Stelle zu bewegen, sprang das Vieh nun hin und her und war kaum zu bändigen. Vater hatte extra einen starken Stock mitgenommen und ich war zu seiner Unterstützung abgeordnet worden.

Mutter machte sich aber wohl Sorgen um mein Seelenheil. Deshalb wurde Vater ermahnt, mich bei Onkel Konrad aber auf jeden Fall vor dem Stall zu lassen. Und ich musste ihr hoch und heilig versprechen, mich vom Stall möglichst weit fernzuhalten. Ich war ein artiges und folgsames Kind und fürchtete Strafen und ewige

Verdammnis, weniger von meinen Eltern, als durch den lieben Gott, der, wie Oma immer betonte, alles sah und schnell bestrafte. So hielt ich mich vom Stall und dem Geschehen mit dem Bullen fern.

War die Befruchtung erfolgreich, was meistens der Fall war, so gab es wenige Monate später ein Kälbchen, das aber so bald als möglich verkauft wurde. Unsere Äcker und Weiden gaben wohl nicht genug her, um mehr als eine Kuh ernähren zu können. Außerdem machte eine Kuh eine Menge Arbeit und zwei zu versorgen, wäre für unsere Familie nicht zu leisten gewesen.

Die Kuh musste Sommers, wie Winters gemolken werden. Das war Sache meiner Mutter. Denn Vater hatte sich ja im Krieg einen sogenannten „Heimatschuss" in den Ellenbogen eingefangen, der seitdem steif war. Melkarbeit kam damit nicht mehr in Frage. Leider aber auch nicht die Ausübung der gelernten Tischlerei. Und so kam es, dass Vater in den Dienst der Bundesbahn kam und dort im Ausbesserungswerk in der Verwaltung sein Geld verdiente. Er hatte oft Schichtdienst und so konnte er vor und nach seiner täglichen Arbeitszeit die Dinge erledigen, die in Hof und Feld anfielen.

Jeder in der Familie, uns Kinder eingeschlossen, hatte seine Aufgaben und musste mit anfassen. Schweine füttern, Heu für die Kuh bereitstellen, im Garten Unkraut jäten, samstags den Hof fegen oder das Schweinfutter zubereiten. Es gab immer etwas zu tun. Es war die meiste Zeit eine große Plackerei, zumal wir keinerlei Maschinen hatten, die besonders Vater bei der Feldarbeit unterstützten. Alles wurde von Hand erledigt.

Gott sei Dank war Vater ein fähiger Handwerker und außer den elektrischen Sachen, erledigte er alle anfallenden Reparaturen selbst. Dass jemals ein Handwerker gerufen wurde, um eine Reparatur vorzunehmen, das gab es nicht. Um die elektrischen Dinge durfte ich mich bald kümmern, weil mich das, im Gegensatz zu anderen handwerklichen Tätigkeiten, besonders interessierte. Und musste mal ein Schalter oder ein Stecker ausgetauscht werden, so war das bald meine Sache.

Den größten persönlichen Reparaturbedarf, der normalerweise ganz schön ins Geld ging, verursachten unsere Schuhe. Nicht, dass wir diese besonders beanspruchten. Sie wurden halt täglich getragen und so mussten zwangsläufig von Zeit zu Zeit Sohlen und Absätze erneuert werden. Das ging ins Geld. Mein Freund Elmar bekam von seinen Eltern deshalb keinen Tretroller geschenkt, weil sein Vater behauptete, davon gingen nur die Schuhe kaputt und dafür habe er kein Geld.

Vater kam alsbald auf die Idee, unsere Schule selbst zu reparieren. Mutters Bruder Theo war gelernter Schuster gewesen, jetzt in einem anderen Beruf tätig und hatte noch jede Menge Werkzeug übrig, dass Vater sich besorgte; das Wichtigste darunter waren ein Dreifuss, ein Schusterhammer und ein scharfes Messer. In erster Linie ging es bei den Reparaturen aber um das Besohlen und um die Erneuerung schief gelaufener Absätze. Musste etwas genäht werden, dann brachten wir die Treter zum Schuster Ahle, der am Rande der Stadt eine kleine dunkle Kellerwerkstatt betrieb und dessen Söhne mit uns in die Schule gingen. Sollte aber ein Schuh besohlt werden, dann stellte Vater den Schuh auf ein Stück Sohlenleder und schnitt die Konturen aus. Anschließend wurden der Schuh und die neue Sohle mit Pattex eingeschmiert, das Ganze musste antrocknen und dann mit viel Druck und unter Zuhilfenahme des Schraubstocks, der auf der Hobelbank fest montiert war, zusammengepresst werden. Nach einer Trocknungszeit über Nacht konnten dann die überstehenden Ränder mit einem scharfen Messer entfernt werden – und fertig war der Schuh. Anfänglich sah das sehr selbstgemacht aus. Aber mit der Zeit entwickelte Vater immer mehr Fingerfertigkeit in diesem, von ihm nie erlernten Handwerk und die Ergebnisse konnten sich durchaus sehen lassen. Wir sparten eine Menge Geld.

Elsen

Mutter kam auch aus einer kinderreichen Familie. Doch im Gegensatz zu Vater waren unter ihren sieben Geschwistern Brüder und Schwestern. Selbstredend war auch Mutters Familie streng katholisch und sehr konservativ. Mutters Elternhaus war ebenfalls ein kleiner Nebenerwerbshof, ein Kotten, ein Fachwerkhaus mit Stall und Wohnräumen. Hinter dem Eingang, einem großen doppelflügeligen Holztor, befand sich die gepflasterte Deele. Tor und Deele waren so groß, dass man mit einem mittleren Leiterwagen hineinfahren konnte, um Heu oder Stroh abzuladen. Doch das war lange vorbei. Opa hatte sein Leben lang als Schreiner gearbeitet und nebenher auch einen kleinen Hof mit einer Kuh und ein paar Schweinen bewirtschaftet. Diese wurden aber alsbald abgeschafft, weil Oma und Opa die Arbeit nicht mehr schafften und ihre Kinder erwachsen und fast alle aus dem Haus waren.

Im Vorderteil des Bauernhofs waren das Wohnzimmer, die gute Stube und das Schlafzimmer der Großeltern. Und weil sich an dieser Seite ein Obstgarten mit großen Bäumen befand, war es in den Zimmern immer etwas dämmrig. Als Kind hielt ich mich da nur ungern auf und auch nur dann, wenn Erwachsene anwesend waren. Die Räume wirkten immer etwas unheimlich auf mich; das lag nicht zuletzt auch daran, dass im Wohnzimmer eine Pendeluhr an der Wand hing, die monoton tickte und zur vollen Stunde einmal schlug. Insgesamt wirkte alles etwas düster und wenig freundlich, eben unheimlich.

Viel lieber spielte ich in der geräumigen Scheune, die zu meiner Kinderzeit schon nicht mehr gebraucht wurde, Opa hatte das Vieh abgeschafft und alle Wiesen und Äcker verpachtet. Besonders bei Regen bot die Scheune jede Menge Möglichkeiten zum Spielen Im Gegensatz zu der großen Deele, wo wir den Erwachsenen eher mal im Wege waren.

Mutters Vater war für mich Opa, weil ich nur den einen hatte, denn Vaters Vater, Opa Wilhelm, war ja ein halbes Jahr vor meiner Geburt gestorben. So gab es keinen Namenskonflikt, und auch bei Oma, Mutters Mutter, war das so. Vaters Mutter, die ja bei uns wohnte, nannte ich auch Oma, aber da sich die beiden Großmütter nie sahen, das einzige Mal wohl bei der Hochzeit meiner Eltern, war das kein Problem.

Opa war in jüngeren Jahren überzeugter Zentrumswähler gewesen und hatte auch in der Dorfpolitik als Bürgermeister zeitweilig mitgemischt. Während der Nazizeit soll er sich beharrlich geweigert haben, die Hakenkreuzfahne an die Heubodentür zu hängen, was ihm nicht nur Freunde einbrachte. Er war ein Kerl aus echtem

Schrot und Korn, ein Westfale mit Dickschädel und einem ganz klaren Charakter. Die Familie war katholisch, ohne Wenn und Aber und dem hatte sich alles unterzuordnen. Basta! Und Opa war ein sehr überzeugter Adenauer-Fan. Eines Nachmittags, ich war mal wieder mit dem Fahrrad zu den Großeltern gefahren, um Opa zu besuchen, lag er krank im Bett und hatte hohes Fieber. Ich setzte mich zu ihm ans Bett und wollte mich ein wenig mit ihm unterhalten und von der Schule erzählen. Doch als er aufwachte und mich wahrnahm, richtete er sich auf, sah mich fest an und sagte: „Junge, wenn du mal groß bist, musst du unbedingt die CDU wählen, versprich mir das." Ich muss wohl ziemlich erschrocken ausgesehen haben, denn Tante Angela, Mutters Schwester, die in diesem Moment ins Zimmer kam, blickte mich nur vielsagend an und meinte: „Weißt du, der Opa ist sehr krank."

Da die Großeltern nur wenige Kilometer von uns entfernt in einem Nachbardorf wohnten, konnten wir sie gut mit dem Fahrrad besuchen. So fuhren wir denn oftmals Sonntagnachmittags zu Kaffee und Kuchen zu den Großeltern. Mutter und Vater hatten ihre Fahrräder und meine Schwester und ich saßen je auf einem Gepäckträger. Als unsere zweite Schwester auch mitfahren konnte, bekam Mutter vorne am Lenker noch einen Korb montiert und so konnten wir bequem die Strecke radeln. Meistens hatte dann Oma für uns Kinder etwas Besonderes

41

vorbereitet, oftmals ein besonderes Gebäck oder andere Süßigkeiten. Am Liebsten aber hatte ich es, wenn ich mit Oma schummeln konnte. Dazu kniete ich mich vor sie hin, legte meinen Kopf in ihren Schoß und Oma fuhr mit ihrer warmen Hand unter mein Hemd und kraulte meinen Rücken. Das nannten wir „schummeln". Weiß der Himmel, woher dieser Begriff stammte.

Meistens war es aber dann so, dass meine Schwester nach einer Weile meinen Platz beanspruchte und es heftigen Streit zwischen uns gab. Oma löste das, indem sie mit der einen Hand mich kraulte und mit der anderen meine Schwester. Der Friede war wiederhergestellt.

An den Sonntagen kam dann mehr oder weniger die ganze Familie zusammen, zumindest diejenigen, die in der Nähe wohnten. Eigentlich war das nur ein Teil der Familie, denn die meisten Geschwister von Mutter wohnten nicht mehr zuhause, sondern zum Teil entfernt in anderen Städten.

In der näheren Umgebung wohnten nur Tante Minchen, Tante Maria und Tante Angela.

Tante Minchen, war mit Onkel Hermann verheiratet und wenn man Hermann so reden hörte, konnte man den Eindruck gewinnen, als käme er aus einem alten Adelsgeschlecht. Er war ein durchaus charmanter Aufschneider und zuweilen auch ein Großmaul; doch war von Stand und

Adel keine Spur. Ich mochte ihn. In Hermanns Familienbesitz befand sich eine alte und klapprige Wassermühle, die in früheren, längst verloschenen Zeiten für Wohlstand gesorgt hatte. Aber das war vorbei. Jetzt verdiente er sein Geld hauptsächlich als Arbeiter bei den Wasserwerken und als Nebenerwerbslandwirt. Außerdem hatte er ein paar Äcker verpachtet. Insgesamt fristete die Familie eine eher bescheidene als wohlhabende Existenz. Dennoch machte das Haus, in dem sie wohnten, einen großen Eindruck auf mich. Wenn wir mal zu Besuch waren, was eher selten vorkam und eigentlich nur bei runden Geburtstagen, dann ahnte man noch die Pracht vergangener Tage. Allein das Wohnzimmer, wie üblich nur an Sonn- und Festtagen genutzt, strotzte nur so von alten und wuchtigen Möbeln. Die Küche war sehr groß, der Boden schwarzweiß gefliest und insgesamt beeindruckend. Die Pracht alter Zeit.

Mutter und Hermann hatten ein ambivalentes Verhältnis zueinander und es kam vor, dass sie sich heftig fetzten. An einem Sonntagnachmittag im Hochsommer waren wir mal wieder bei den Großeltern. Der Nachmittag neigte sich schon dem Ende zu, als es zwischen Mutter und Onkel Hermann zu einer lautstarken Auseinandersetzung kam. Worum es genau ging, ließ sich für mich nicht ausmachen, aber es hatte wohl damit zu tun, dass er Tante Minchen ziemlich knapp hielt – und das in jeder Hinsicht. Wenn

Mutter eine Ungerechtigkeit oder irgendeine Schweinerei entdeckte, dann ließ sie nicht locker; Diplomatie war nicht so sehr ihre Sache und die beiden fetzten sich heftig.

Ausgerechnet an diesem Sonntag war Hermann samt Familie sehr spektakulär, sozusagen hochherrschaftlich, bei herrlichem Wetter mit Pferd und Kutsche angereist. Die Kutsche, mit einem geschlossenen Kastenaufbau, war schon recht betagt, machte aber einiges her, besonders, wenn Herrmann auf dem Kutschbock saß. Schließlich wollte die Familie zurückfahren, als ein wahres Sommergewitter niederging, das in einen Landregen überging. Tante Minchen sammelte also die Kinder ein und alle krochen in die Kutsche, in der es zu allem Unglück auch noch durch das Dach tropfte.

Auf dem Hinweg hatte Onkel Hermann auf dem Kutschbock gesessen. Nun aber zeigte sich, dass die Zügel viel zu kurz waren, wenn er das Pferd vom Inneren der Kutsche aus lenken wollte. Onkel Hermann musste also die Arme weit nach vorne durch eine Klappe an der Vorderseite der Kutsche herausstrecken, um die Zügel greifen zu können. Das Ganze bot einen höchst seltsamen Anblick. Opa warf dann noch eine Plane über die aus der Kutsche ragenden Arme und so trabte das Gespann nach Hause, der Mühle entgegen.

Dass alle Verwandten aus der Familie mal zusammenkamen geschah eigentlich nur zu bestimmten Festen. Ein besonderer Geburtstag der Großeltern oder bei Beerdigungen und natürlich zu den Hochzeiten, der noch nicht verheirateten Geschwister von Mutter.

Vermisst

Einer aus der Elsener Familie aber fehlte immer, Anton Mutters nächstjüngerer Bruder. Die Großeltern hatten 1913 geheiratet und bereits 1914 war Franz zur Welt gekommen. Danach war Opa eingezogen worden und stand, wie man damals sagte, bis zum Ende des Krieges im Felde. Erst 1920 kam er nach weiteren zwei Jahren Gefangenschaft nach Hause zurück. Noch im selben Jahr wurde Mutter geboren und gleich danach, zwei Jahre später kam Anton zur Welt. Gerade rechtzeitig, um im zweiten Weltkrieg als junger Mann Soldat zu werden. 1942 erhielten die Großeltern die Nachricht, dass Anton vermisst sei. Nach dem Krieg wurde er für tot erklärt.

Niemand in der Familie sprach über Anton. Wie er war, was seine Interessen, sein Beruf, seine Neigungen waren. Ich wusste, dass es da einen gefallenen Bruder gegeben hatte, aber das war sehr abstrakt für mich und beschäftigte mich in keiner Weise. Ich kann mich nicht erinnern, dass Mutter oder sonst jemand jemals über Anton gesprochen oder ihn bei Gelegenheit auch nur erwähnt hätte. Er war wohl zu jung, als er gehen musste und zu jung, um genügend Fußspuren zu hinterlassen, das hatte ihm das Schicksal verwehrt, wie so vielen seiner Generation. Es ist wohl so, dass die Zeit nicht nur manche

Wunden heilt, sondern auch die Erinnerung, gerade an einen jungen Menschen, rasch verblassen lässt.

Putzmacherin

Mutters jüngste Schwester, Tante Maria, wohnte mit ihrem Mann nicht weit entfernt von den Großeltern, aber mitten im Dorf. Dort hatten sie eine kleine, schön eingerichtete Wohnung im Dachgeschoss eines Geschäftshauses. Kaum dass ich in der Schule war und mit einem Fahrrad fahren konnte, nutze ich - so oft ich konnte - die Gelegenheit und besuchte die beiden Nachmittags oder am Wochenende. In ihrer Wohnung hatte auch Tante Angela, Mutters dritte Schwester, ein Zimmer. In dem Geschäftshaus befanden sich im Erdgeschoss eine Drogerie und das Hutgeschäft, das Tante Angela gehörte.

Tante Angela war Putzmachermeisterin und unverheiratet. Sie war zwar etwas älter als Maria, aber ihr war wohl nicht so sehr daran gelegen, früh zu heiraten.

Als Putzmacherin, den Namen fand ich als Kind außerordentlich lustig, machte sie hauptsächlich neue Damenhüte, arbeitete gebrauchte um und reparierte sie bei Bedarf. Hinter dem Laden befand sich eine kleine Werkstatt, in der sie die Kundenaufträge erledigte. Zu dieser Zeit trugen die Frauen, wenn sie das Haus verließen, immer einen Hut; jedenfalls die, die auf sich hielten. Entsprechend gut hatte Tante Angela zu tun.

Ihr Laden lag zwar im Bauerndorf, das aber hatte eine lange Tradition an wohlhabenden Bauern und außerdem kam die Nähe der nahen Residenzstadt hinzu. Tante Angela reparierte und pflegte nicht nur Hüte, sondern fertigte auch neue, nach eigenen oder fremden Entwürfen.

So verbrachte ich viel Zeit in ihrer Werkstatt und im Laden. Wenn ein Kunde kam und etwas zu bezahlen war, dann betätigte Tante Angela eine Kasse, die mich außerordentlich faszinierte. Unterhalb der Kasse befanden sich, von vorne dem Kunden nicht sichtbar, eine Reihe Tasten. Wurden diese in der richtigen Reihenfolge gedrückt, sprang die Kasse auf und gab ihren Inhalt frei.

Wurden die falschen Tasten gedrückt, ertönte eine laute Klingel, die man durch das ganze Haus hörte. Meine wiederholten Versuche, die Kasse zu bedienen, endeten regelmäßig in ohrenbetäubendem Krach. Genervt verbot mir Tante Angel schließlich, mit der Kasse zu spielen. Für mich waren die Besuche bei ihr immer ein Höhepunkt der Woche. In manchen Zeiten fuhr ich mit dem Fahrrad regelmäßig zu ihr, hockte mich in die Werkstatt und schaute ihr bei der Arbeit zu. An Wochenenden blieb ich dann oftmals gleich im Dorf und übernachtete bei den Tanten und Onkel Günter. Das war für mich immer spannend. Nachdem ich bettfertig gewaschen war, durfte ich oft auch noch Radio hören und vor allem aber die Geschichten von Mecki dem Igel lesen, denn Onkel Günter leistete sich jede Woche eine Hörzu, die führende Rundfunkzeitung mit der Bildergeschichte von Mecki. Den unterhaltungstechnischen Höhepunkt des Abends bekam ich aber nicht mehr mit; das war nur etwas für Erwachsene, wenn Paul Temple seine Kriminalfälle im Radio löste. Die drei Erwachsenen freuten sich schon die ganze Woche auf diese Sendungen.

Onkel Günter kam nicht aus dem Dorf und auch nicht aus der Gegend. Er war irgendwann aus dem Osten geflüchtet und arbeitete nun in einem nahen Röhrenwerk. Bei irgendeinem Dorfvergnügen hatte er Maria kennengelernt und geheiratet. Tante Maria hatte Näherin gelernt. Aber es war allgemein üblich, dass eine verheiratete Frau nach der Hochzeit zu Hause blieb, darauf wartete, schwanger zu werden und Kinder zu bekommen. Und so war das auch bei Tante Maria.

Ich fühlte mich sehr wohl dort beim Onkel und den Tanten. Zu Hause waren wir inzwischen zu vier Geschwistern. Da war immer allerhand los. Dazu Oma und Tante Katharina. Bei Onkel Günter und Tante Maria, die noch keine Kinder hatten, war ich aber der Hahn im Korb und immer willkommen.

Onkel Günter hatte einen Traum von einem eigenen Haus und dabei sehr konkrete

Vorstellungen davon, wie sein Traumschloss denn einmal aussehen sollte.

Ständig fielen ihm Verbesserungen ein und dann zeichnete er das Haus mit all seinen Einzelheiten neu. Zunächst aber blieb das nur ein Traum, denn es fehlte das Geld. Zwar hatten Oma und Opa eine Menge Grundstücke um ihren Hof und sicher hatten sie auch Maria eines davon versprochen, doch musste erst einmal eine erkleckliche Summe angespart werden. Nun, jedenfalls hatten sie einen Bausparvertrag, in den sie fleißig einzahlten und solange zeichnete Onkel Günter also seinen Traum. Immer wenn er einen Entwurf fertig hatte, zeigte er ihn mir und wir besprachen dann die Einzelheiten. Besonderen Wert legte er auf die Gestaltung des Gartens. Wir hatten natürlich auch einen Garten, aber der musste in erster Linie die Familie ernähren und die gepflanzten Blumen waren eigentlich nur schmückendes Beiwerk. Bei Onkel Günter aber standen die Zierpflanzen und Blumen im Mittelpunkt und der Nutzteil des Gartens war recht klein.

Letztlich und endlich aber liefen alle Entwürfe immer auf das Gleiche hinaus. Stets war es ein weißer, einstöckiger Bungalow, über Eck gebaut, mit Walmdach und großer Terrasse. Ein typisches Eigenheim der gehoben Klasse in den fünfziger Jahren. Aber träumen war ja nicht verboten.

Noch eines sah ich bei meinen Besuchen, etwas, das bei uns zu Hause völlig unbekannt war, das Lottospiel. Wie alle Glücksspiele war Lotto bei uns und, soweit ich das mitbekam, auch in der Verwandtschaft verpönt. Einen Lottoschein abzugeben, galt nicht eben als die feine Art zu Geld zu kommen. Doch das störte Onkel Günter nicht. Und er glaubte fest daran, dass sein Haus nur dann Wirklichkeit werden könnte, wenn er im Lotto gewänne.

Fünfhunderttausend Mark waren zu der Zeit der Hauptgewinn auf sechs Richtige. Wenn man schon jede Woche Lotto spielte, dann natürlich um den Hauptgewinn. In einer Zeit, in der ein Reihenhaus schon für dreißig- bis fünfzigtausend Mark zu haben war, war das eine Menge Geld. Am Wochenende, samstagabends, wenn die Ziehung der Lottozahlen im Radio übertragen wurde, hockte Onkel Günter und oft auch Tante Maria vor dem Radio und warteten voller Spannung auf die Bekanntgabe der Gewinnzahlen. Selten hatten sie mehr als drei Richtige, manchmal vier und so blieben die Gewinne überschaubar.

Eines regnerischen Sonntags im Herbst waren wir zu einem Geburtstag bei einer Großtante meiner Mutter eingeladen. Die Familie meiner Großtante war was Besseres, denn ihr Mann war Beamter im gehobenen Dienst und immerhin studierte ein Sohn auf Priester. Wir saßen, alle fein gemacht, an einer langen Kaffeetafel und wir Kinder gaben unser Bestes, nicht aufzufallen und uns ordentlich zu benehmen. Mutter hatte uns im Blick und wenn mir mal ein Löffel runterfiel oder ich zu viel Kuchen auf meinen Teller schaufelte, dann genügten gewöhnlich ein Blick und ein Stirnrunzeln von ihr und ich war wieder „eingenordet".

Tante Maria und Onkel Günter waren auch da und ich saß zwischen ihnen, da konnte mir nicht viel passieren. Während wir alle den selbstgebackenen Kuchen genossen, gingen die Gespräche so hin und her, wie das bei Verwandtentreffen so üblich ist. Für uns Kinder war das eher langweilig. Schließlich sprachen die Erwachsenen auch über das Bauen. Da kannte ich mich ja nun dank Onkel Günters Plänen bestens aus. Ich konnte also mitreden und gleich packte ich die Gelegenheit beim Schopf, meine Kenntnisse unterzubringen. Ich krähte dazwischen, Onkel Günter wolle jetzt auch ein Haus bauen und er zeichne schon fleißig und müsste nur noch im Lotto gewinnen. Es wurde schlagartig still um den Tisch. Das Thema Lotto war absolut nicht gesellschaftsfähig in dieser Kaffeerunde.

Onkel Günter war ja ein Angeheirateter, ein Arbeiter ohne Geld und vor allem ohne Eigentum. Da kam dann die Sache mit dem Traum vom eigenen Bungalow, finanziert mit Lottogewinn nicht so gut. Onkel Günter lachte verlegen, schaute mich an und sagte nur: „Na du." Ich schämte mich ein bisschen. Dabei hatte ich ihn nicht bloßstellen wollen, was aber durch mein vorlautes Benehmen der Fall war. Die Sache war dann aber schnell vergessen und weiterhin genoss ich es, gelegentlich meine Nachmittage und Wochenenden bei den Tanten und Onkel Günter zu verbringen.

Doch langsam, aber stetig verloren die Besuche im Dorf ihren Reiz. Die beiden hatten nämlich Nachwuchs bekommen und der füllte ihr Leben jetzt voll und ganz aus. Außerdem war ich inzwischen bei den Pfadfindern und so verlagerten sich meine Interessen ganz erheblich.

Tante Maria war schon immer eine eher zarte Erscheinung gewesen. Sie machte einen eher schwächlichen Eindruck. Besonders nach der zweiten Schwangerschaft und einer schwierigen Geburt, ging es ihr nicht gut. Sie musste wieder ins Krankenhaus, um operiert zu werden. Und da dies für Onkel Günther und die Familie günstig gelegen war, kam sie in das Herz-Jesu-Krankenhaus, nicht weit von uns.

An einem Nachmittag im Oktober, es wurde schon merkbar früher dunkel, hatte ich Vater auf dem Kartoffelfeld geholfen. Wir hatten das verwelkte Kartoffellaub verbrannt. Nun war es schon fast dunkel und ich stank so nach Rauch, dass ich mich vor dem Abendessen erstmal gründlich waschen wollte. Ich war gerade im

Haus angekommen, als jemand vom Hof her an unser Küchenfenster klopfte. Mutter öffnete das Fenster, um nachzuschauen, denn gewöhnlich gingen Besucher direkt durch die Waschküche in unsere Wohnräume und klopften dort. Draußen stand Onkel Günther. Tränen liefen ihm übers Gesicht und er sagte nur, es kam mir vor als schrie er es: „Maria ist tot."

Sie war eine Stunde vorher überraschend an einer Embolie gestorben. Wir waren fassungslos. Die ganze Familie saß um den Tisch und versuchte zu verstehen, was da geschehen war. Mutter weinte. Nach ihrem im Krieg gefallen Bruder, war nun ein weiteres Geschwister gestorben. Es war das erste Mal für mich, dass ich jemanden aus meiner direkten Umgebung verlor. Der Tod an sich war etwas Abstraktes gewesen – nun aber war ich direkt betroffen und es fiel mir schwer zu realisieren, was das nun bedeutet. Wie würden die Großeltern das aufnehmen? Wie mochte ihnen zumute sein? Onkel Günther hatte sich inzwischen verabschiedet und war mit seinem Fahrrad weitergefahren. Er wollte den anderen Verwandten noch Bescheid sagen. Es war nämlich in Todesfällen üblich, dass man die Verwandtschaft direkt und unmittelbar persönlich informierte, egal zu welcher Tages- oder Nachtzeit. So wurde ich einmal nachts um drei Uhr wach, als Onkel Konrad an eines unsere Fenster klopfte und Vater, der auch davon aufgewacht war, den Kopf aus dem

Fenster streckte, seinen Vetter bemerkte und noch schlaftrunken fragte: „Was gibt's denn?" „Mutter ist heute Nacht gestorben, wollte nur Bescheid geben." „Jau, herzliches Beileid." Onkel Konrad schwang sich wieder auf sein Fahrrad und fuhr in die Dunkelheit davon und Vater legte sich wieder schlafen. In spätestens vier bis fünf Tagen würde man sich auf der Beerdigung ja ohnehin sehen und dann alles besprechen können.

Doch direkt nach Marias Tod trieb die Familie eine große Sorge um. Denn Onkel Günther stand nun allein mit zwei Kleinkindern da. Seine Tochter konnte gerade laufen und der jüngere Sohn war noch ein Säugling. In dieser äußerst prekären Lage sprang Tante Angela ein. Sie half, wo sie nur konnte und stand der Familie ohne Mutter bei. Es kam dann so, dass sie ihr Geschäft reduzierte und schließlich bei Onkel Günther einzog. Mir kam das sehr merkwürdig vor. Schließlich erzählte man uns Kindern und Heranwachsenden ständig, dass ein Zusammenleben von Mann und Frau ohne den göttlichen, sprich amtskirchlichen, Segen ein verdammungswürdiges Ding sei und direkt ohne Umwege in die Hölle führt. Doch meine katholische Familie fand offenbar nichts Schlechtes an diesem Arrangement zwischen Schwager und Schwägerin, denn allem und allen war gedient. Die Hochzeit der beiden fand dann ein Jahr später, recht schlicht, still und eher unauffällig statt. So hatte alles wieder seine Ordnung.

Verlobt

Auf der Deele wurde lustig getanzt. Ich saß, ein bisschen unglücklich, in einer Ecke des großen Raumes und schaute den Tanzenden zu, wie sie zur Musik umherwirbelten. In einer anderen Ecke der Deele hatte sich eine Combo aufgestellt und spielte fleißig die gängigen Schlager. Ein Paar stand heute im Mittelpunkt, denn es feierte seine Verlobung, Resi und August. Immer wenn August seine Resi drehte, flog ihr Rock hoch und gab ihre schlanken Beine frei. Die beiden hatten nur Augen für sich. Und sie waren ein ausgemacht schönes Paar, heute würde man sagen, sehr sexy! Ich war etwas unglücklich, denn Resi hatte nur Augen für August und ich hätte auch mal gerne mit ihr getanzt, aber natürlich wusste ich nicht, wie das anzustellen war. Ich hatte noch nie getanzt und wusste auch nicht, wie man das macht. So saß ich einfach nur in der Ecke und träumte vor mich hin, dass Resi auch mit mir tanzen würde. Vielleicht war ich auch ein bisschen eifersüchtig.

Onkel August, Mutters jüngster Bruder, war das einzige ihrer Geschwister, das noch nicht verheiratet war. August arbeitete in Kassel, über achtzig Kilometer entfernt, in einem großen Warenhauskonzern und war dort bereits in jungen Jahren zum Abteilungsleiter avanciert. Resi kam aus dem gleichen Dorf wie August und die beiden kannten sich schon seit Jahren. Selbstverständlich war Resi ebenfalls katholisch und so stand der Verbindung prinzipiell nichts im Wege. Aber erst jetzt, da August beruflich stabil war, planten sie ihre Hochzeit.

Wenn ein Paar zu dieser Zeit heiratete, dann war es üblich, dass es sich vorher verlobte und erst mit schicklichem Zeitabstand heiratete. Das brachte so einige Vorteile mit sich. Verlobte Paare durften sich in der Öffentlichkeit zusammen zeigen und in weniger strengen Gegenden auch miteinander in Urlaub fahren, vorausgesetzt, sie nahmen getrennte Zimmer. Immerhin machte sich ein Vermieter im Rahmen des so genannten „Kuppeleiparagraphen" strafbar, wenn er an ein unverheiratetes Paar ein gemeinsames Zimmer vermietete.

Ein weiterer, nicht zu unterschätzender Vorteil bestand darin, dass die Verlobung gefeiert wurde und es zu diesem Anlass reichlich Geschenke gab, meistens etwas, das dem zukünftigen Hausstand nützlich war. So waren alle zufrieden. Das Paar war sich einig und seiner sicher, den Eltern fiel ein Stein vom Herzen, weil die Kinder untergebracht waren und die materiellen Grundlagen eines Hausstandes, in Form von Töpfen und Pfannen und sonstigen Dingen waren, zumindest was die Basisausstattung anging, gelegt.

Rohrstock

U nsere Familie war katholisch und so wurden wir Kinder auch erzogen. Der Glaube, Gott und die Kirche spielten eine zentrale Rolle in unserem Leben und waren stets präsent. Die Kirche hatte uns, wie es in den fünfziger und auch noch in den sechziger Jahren, der berühmten Ära Adenauer, üblich war, voll im Griff. Kirche und ihre Würdenträger waren unantastbar und ihre Meinung war Gesetz. Es war die Zeit, in der die Bischöfe noch als selbstverständlich für sich in Anspruch nahmen, dem „Kirchenvolk" von der Kanzel herab Wahlempfehlungen auszusprechen.

Selbstverständlich wurden wir, sobald Mutter nach der Geburt wieder einigermaßen sicher auf den Füßen stehen konnte, getauft; das war gar keine Frage. Schließlich gehört es zur kirchlichen Lehre, dass Kinder, die nicht getauft sind, so genannte Heidenkinder, keine Aufnahme in den Himmel finden. Eine horrende Vorstellung, die keinerlei Handlungsspielraum bezüglich des Tauftermins erlaubte. Und so widerfuhr auch mir mit der Taufe meine erste Vergewaltigung.

Natürlich besuchte ich, als es dann soweit war, eine katholische Schule. Unsere Schule war eine neu erbaute, moderne Volksschule, in der Nähe der pädagogischen Akademie und sie sollte wohl auch als Versuchsschule und zur Anschauung für angehende Lehrer dienen, so erzählte man es uns. Jedenfalls wurden wir im Laufe der Schulzeit immer mal wieder zu Veranstaltungen eingeladen, bei denen viele Studenten und ihre Dozenten unseren Unterreicht beobachteten. Für uns Schüler war das recht spannend, wir kamen uns wichtig vor.

Eine Volksschule umfasste acht reguläre Schuljahre, dann war die schulische Ausbildung beendet und man trat ins Arbeitsleben ein.

Es sei denn, man wechselte nach dem vierten Schuljahr auf eine Realschule oder ein Gymnasium oder man blieb sitzen, drehte eine Ehrenrunde, was ein Jahr kostete und war dann halt ein Jahr, aber selten an Weisheit, älter.

Das Schuljahr ging zu dieser Zeit von April bis April. Gewöhnlich wurde man im Alter von sechs Jahren eingeschult; doch ich bin im Juni geboren und war noch keine sechs, als ich eingeschult wurde. Folglich war ich eines der jüngsten und leider auch eines der kleinsten Kinder in meiner Klasse. In diesem Alter hatte ich das so nicht wahrgenommen. Aber schon bald zeigte sich der Nachteil, in allen Dingen der Kleinste und Jüngste zu sein. In der ersten Reihe, ob bei der Mannschaftswahl zu unseren Spielen auf dem Pausenplatz oder bei anderen Spielen, die Kleinen kamen immer erst zum Schluss dran. Erforderte ein Spiel, dass zwei Mannschaften aufgestellt wurden, dann stellten sich die beiden Anführer, das waren immer die größten Jungs, auf und starteten die sogenannte „Piss-Pott Abfrage". Dabei setzte jeder einen Fuß dicht vor den anderen, die Hacke des einen immer unmittelbar vor die Spitze des nächsten, und Piss-Pott, Piss-Pott, Piss-Pott bewegten sie sich aufeinander zu. Wer den letzten ganzen Fuß setzen konnte, hatte gewonnen und durfte beginnen, seine Mannschaft auszuwählen. Erst der eine, dann der andere, bis alle Mannschaften voll waren. Es lag in der Natur der Sache, dass die Größeren und Stärkeren zuerst ausgewählt wurden und die Kleinsten übrigblieben. Für uns kleineren war das jedes Mal eine Schmach und wurde von uns auch so empfunden.

Doch der Jüngste und Kleinste in der Klasse überhaupt zu sein, brachte auch ein paar Vorteile mit sich. Ich wurde öfter in Schutz genommen und dass ich als Kind wenig oder gar keine Keilerei unter uns Jungs erlebte, hat sicher auch damit zu tun. So oder so, doch viel lieber hätte ich zu den Großen gehört.

Die Schule machte mir mal mehr, mal weniger Spaß und ich hatte eigentlich keine große Mühe zu lernen. Ich war kein Überflieger, aber für eine gute drei reichte es in allen Fächern und damit kommt man ja bekanntlich ganz gut durchs Leben. Auch mit den Lehrern kam ich einigermaßen klar. Der Klassenlehrer meiner ersten Jahre, Herr Schumacher, kam aus dem gleichen Dorf wie meine Mutter und war immer sehr freundlich zu mir.

Wir waren zweiundzwanzig Kinder in der Klasse und abgesehen von den paar „Exoten", stammten wir alle aus mehr oder weniger kleinen Verhältnissen. Die meisten wohnten in angemieteten Wohnungen, doch einige hatten auch Häuser und nur ich kam von einem Bauernhof mit Land und Tieren.

Zu dieser Zeit wurde der Beruf des Vaters noch im Klassenbuch eingetragen und so waren die Lehrer gut über die sozialen Hitergründe ihrer Schützlinge informiert. Und da Lehrer auch nur Menschen mit ganz gewöhnlichem Verhalten sind, fiel es selbst uns Kleinen auf, dass da ein Unterschied war, wenn eine Lehrerin die Kinder ansprach. Ein paar Kinder, nur wenige, hatten einen sozialen Hintergrund, der anders war. Ihre Väter galten etwas in der Stadt. Sie kamen aus Akademikerfamilien und spätestens im dritten Schuljahr war allen klar, dass diese Kinder nach dem vierten Schuljahr die Klasse verlassen würden, um aufs Gymnasium oder zumindest auf die Realschule zu wechseln.

Die Schule, den Unterricht und alle die damit verbundenen Rituale empfand ich als aufregend und interessant. In den ersten Jahren begann jeder Schultag mit dem Religionsunterricht und zweimal in der Woche hatten wir einen

Schulgottesdienst, bevor der Unterricht begann. Bis zur sechsten Klasse wurden wir meistens nur von einem Lehrer oder einer Lehrerin in allen Fächern unterrichtet. An unserer Schule gab es zwar auch einige Lehrerinnen, aber hauptsächlich Lehrer. Und sie alle hatten eines gemeinsam. Sie unterrichteten aus Berufung, mochten Kinder und arbeiteten gerne mit ihnen. Gefürchtet waren nur die, die bei Verlust der Nervenstärke schon mal zuschlugen, was nicht oft, aber auch nicht selten der Fall war. Bei unserem Klassenlehrer Herrn Schumacher war das ein regelrechtes Ritual. Unter seinem Pulttisch, an dem er gewöhnlich saß, lag ein etwa ein Meter langer dünner Rohrstock, wie man ihn zum Blumenbinden nimmt. Herr Schumacher war durchaus kein Prügellehrer, aber wenn es ihm reichte, dann war der Stock fällig.

Die Kriterien dafür waren für uns nicht einsichtig; die Gründe waren in der Regel irgendeine Art von Ungehorsam, meistens Schwätzen und Unaufmerksamkeit. Wenn mal wieder der Stock fällig war, wurde der Delinquent, immer ein Junge, nie ein Mädchen, nach vorne gerufen, Herr Schumacher langte unter den Tisch, zog seinen Rohrstock hervor, während er mit der linken Hand den Jungen im Nacken fasste und ihn nach vorn beute. Der Hintern bot sich nun ungeschützt dar und ruckzuck sauste der Stock nieder. Nach vier oder fünf Schlägen war alles vorbei und der Bestrafte durfte sich wieder setzen.

Auch mir widerfuhr diese Prozedur, aber das war mehr eine schmachvolle Angelegenheit als eine schmerzhafte.

Herr Schumacher war ein Lehrer aus echter Berufung. Er mochte Kinder und das spürten wir, auch wenn er uns ab und an seinen Rohrstock spüren ließ.

Doch auch die anderen, wesentlich jüngeren Lehrer prügelten ab und an. Unser Klassenraum hatte Fenster bis zum Boden und damit die Sonne im Sommer nicht blendete, waren bodenlange blickdichte Gardinen angebracht, die man bei Bedarf zuziehen konnte und im Saum mit Bleikügelchen beschwert waren.

Diese Bleikügelchen eigneten sich fabelhaft als Munition für eine Zwille. Paul, einer unserer pfiffigeren Mitschüler hatte das entdeckt und immer ein paar Kügelchen dabei für seine Zwille.

Leider aber hatte der findige Paul nicht mit der Beobachtungsgabe unseres Erdkundelehrers, Herrn Hottenrott gerechnet. Eines Tages, unser Schütze puhlte mal wieder am Gardinensaum rum, bekam Herr Hottenrott das mit und erlitt auch prompt einen Wutanfall. Eigentlich kannten wir ihn als bedächtigen, freundlichen und sehr höflichen Menschen. Aber vielleicht hatte er gerade Ärger zu Hause, wir wussten es nicht, jedenfalls stürzte er sich mit Gebrüll auf

Paul und schlug ihm beidhändig, links und rechts Ohrfeigen ins Gesicht. Ich hatte bis dahin niemanden auf diese unbeherrschte Art prügeln gesehen. Und da Herr Hottenrott auf uns immer einen sehr ruhigen, gar vornehmen Eindruck gemacht hatte, beindruckte uns dieser Gefühlsausbruch umso mehr.

Zu den Höhepunkten der ersten Schuljahre zählten die Tagesausflüge oder Wandertage, die wir mit der ganzen Klasse unternahmen. Meist ging es zu Fuß in die nähere Umgebung und wir waren den ganzen Tag unterwegs. Im dritten und vierten Schuljahr war Fräulein Niggemeier unsere Klassenlehrerin. Sie war eine kleine, blonde, quirlige und sehr patente Frau und bei den Schülern sehr beliebt. Unsere Ausflüge oder Wandertage plante Fräulein Niggemeier stets so, dass wir am Ziel immer in einem Gartenlokal mit klingendem Namen wie „Schöne Aussicht", „Zu den Auen" oder „Nachtigallenwald" landeten. Dort packten wir die mitgebrachten Butterbrote aus und dann gab es für jedes Kind ein Glas Brause, meistens Sinalco oder andere Nasenkitzler. Für uns war das immer ein Höhepunkt schlechthin. Bezahlt hat das immer Fräulein Niggemeier.

Herr Hottenrott gab uns auch in anderer Hinsicht Rätsel auf. Selbst uns Kindern, die wir noch weit entfernt von jeglicher Wahrnehmung zwischenmenschlicher Beziehungen zwischen

Mann und Frau waren, war aufgefallen, dass Herr Hottenrott und Fräulein Niggemeier oft zusammenstanden und überhaupt häufig zusammen gesehen wurden. Da Herr Hottenrott in der Nähe der Schule wohnte, war auch bald bekannt, dass Fräulein Niggemeier öfter ihre Nachmittage in seinem Haus verbrachte. Wir spekulierten auf Teufel komm raus. Was mochte eigentlich Frau Hottenrott dazu sagen? Eine Antwort fanden wir nicht. Wahrscheinlich handelte es sich lediglich um ein kollegiales Verhältnis, in dem sich alle Beteiligten, einschließlich Frau Hottenrott sehr wohl fühlten.

So erlebten wir unsere kleinen Aufregungen, die selten genug echte Abenteuer waren, im Grunde weitgehend unbeschwert – und das war auch gut so.

Marul

Unsere Ferien verbrachten wir immer zu Hause. Urlaub, verbunden mit einer Reise in eine sogenannte „Sommerfrische" oder gar ans Meer, in die Berge oder sonst wohin; solcherart Ferien waren uns unbekannt. Wie hätte das auch gehen sollen. Wir waren immerhin zu sechs, später zu siebt, Vater und Mutter und fünf Kinder. Aber das war gar nicht der Hauptgrund, sondern das Vieh, das täglich versorgt werden musste.

Doch war es auch keineswegs so, dass wir etwas vermissten, denn Urlaubsfahrten mit der Familie waren in den fünfziger Jahren eher noch selten; zumindest in unseren Kreisen. Der große Hit zu der Zeit waren „Kinder-Verschickungen", die von kirchlichen Vereinen und Institutionen veranstaltet wurden. Besonders die Caritas war da recht aktiv und hatte allerlei Ferienaufenthalte für Kinder im Programm. So auch ein dreiwöchiges Ferienlager ausschließlich für Jungs, im österreichischen großen Walsertal, in Marul.

Mutter hatte das in der Pfarrgemeinde erfahren und sich sofort nach den Bedingungen erkundigt. Die Sache war bezahlbar und Mutter hatte das für mich gebucht. Ich konnte mir so richtig nichts darunter vorstellen, wusste aber, dass Österreich weit weg war und freute mich auf die lange Bahnreise mit dem D-Zug; im Übrigen ließ ich mich überraschen, man würde schon sehen.

Es gab allerhand vorzubereiten; alle Wäschestücke mussten gekennzeichnet werden und es war auch genau vorgeschrieben, was man in welcher Anzahl mitzunehmen hatte. Übernachten würden wir in einem Jugendheim, das aus mehreren Häusern bestand und etwas außerhalb des Ortes an einem Berg über einem rauschenden Wildbach lag.

Wir würden mit dem Zug reisen. In aller Früh sollte dieser starten, mit mehreren Stopps in anderen Städten, um noch weitere Kinder aufzunehmen und wir würden erst spät in der Nacht ankommen. Natürlich war ich schon oft mit dem Zug gefahren. Meistens aber mit dem Personenzug in höchstens Fünfzig Kilometer entfernte Nachbarstädte, wo unsere Vettern wohnten. Aber ein- oder zweimal auch mit einem D-Zug, dem schnellsten Schienen-Transportmittel zu der Zeit, ins Rheinland, zum Besuch bei Tante Lilly.

Bisher war ich immer mit meinen Eltern gereist. Jetzt aber nach Österreich, war ich ganz auf mich gestellt, das heißt, ich kannte niemanden von den anderen Jungs. Zwar kamen eine ganze Reihe Kinder aus unserer Stadt, aber die waren entweder aus anderen Schulen, in anderen

Klassen oder in anderen Gemeinden. Alle Kinder wurden in Gruppen mit einem oder zwei Gruppenleitern eingeteilt. Die Gruppenleiter waren allesamt ältere Jungen oder auch junge Studenten, die in ihrer Freizeit in Jugendgruppen arbeiteten und entsprechende Erfahrung mit einem Haufen Kinder hatten.

Gleich in den ersten Ferientagen der großen Ferien sollte es losgehen und die Reise verlief dann auch recht gut. Je länger die Fahrt dauerte, desto langweiliger wurde es. War zunächst noch in den Abteilen die Hölle los, so beruhigte sich alles, je länger die Reise dauerte und schließlich schliefen die meisten ein. Spätabends, es war schon dunkel, kamen wir an den Bodensee. Die Gleise führten dicht am Wasser vorbei und man konnte den See im Mondlicht glitzern sehen. Dann ging es nach Osten ins Walsertal und kurz darauf waren wir angekommen.

Ich hatte vorher schon öfter in Jugendherbergen übernachtet und mit meinen Erfahrungen mit Schlafsälen und Gemeinschaftswaschräumen und so, kam ich gut zurecht und hatte alsbald mein Bett erobert und mich eingerichtet.

Es war ein schöner Ort; Österreich wie im Bilderbuch, mit blühenden Wiesen, hohen Bergen, Sonnenschein und einem rauschenden, eiskalten Wildbach. Wir wanderten, sangen und machten allerlei Spiele. Versorgt wurden wir durch eine zentral angelegte Küche, an der auch die Aufenthalts- und Speiseräume angegliedert waren.

Die ersten Tage im Ferienlager verliefen in der üblichen Hektik, die ich schon von meinen Pfadfinderlagern kannte. Jeder und alles musste sich erst einmal einfinden, einrichten und zur Routine werden.

Wir waren gerade mal einige Tage im Lager, noch vor Ende der ersten Woche, als ich einigen Jungs beim Fußballspielen zusah. Ich saß am Rand auf einer Wiesenböschung an einem Heuhaufen, als mich ein eigenartiges und bis dahin nie gekanntes Gefühl überkam. Irgendetwas, ein Bild, ein Geruch oder etwas anderes, nicht bewusst Wahrgenommenes hatte wohl eine Erinnerung in mir ausgelöst und diese seltsame Reaktion hervorgerufen. Mich ergriff das Gefühl einer nie gekannten Hilflosigkeit und eine tiefe Traurigkeit. Ich hatte dergleichen noch nie erlebt. Ich weinte, die Tränen fielen mit buchstäblich aus dem Gesicht und ich konnte gar nicht aufhören zu schluchzen.

Schließlich fiel mein desolater Zustand auf. Othmar unser Gruppenleiter und Betreuer setzte sich zu mir und nahm mich in den Arm. Ich weinte noch heftiger. Nachdem geklärt war, dass mir nichts Leibliches fehlte, dafür aber umso mehr etwas Seelisches im Argen lag, ließ er mich mit den Worten allein: „Das gibt sich schon." Den anderen Jungen war meine

Situation wohl aufgefallen, aber Othmar sorgte dafür, dass man mich in Ruhe ließ. Nach einer guten Stunde hatte ich mich beruhigt. Noch immer mit verheultem Gesicht ging ich schließlich mit den anderen Jungs zum gemeinsamen Mittagessen. Nachmittags, auf einer kurzen Wanderung zum Wildbach, war ich wieder in Ordnung und spielte mit, so wie die anderen auch.

Auch am nächsten Tag war die Welt noch in Ordnung. Doch am darauffolgenden Tag überfiel mich wieder und ohne jede Vorwarnung diese Traurigkeit, die mich zum Weinen brachte und über eine Stunde anhielt. Das war auch am nächsten Tag so und wiederholte sich nun fast täglich.

Inzwischen hatten sich zwar alle, die mit mir im gleichen Haus wohnten, an mein, zeitweise verheultes Gesicht gewöhnt, aber dennoch tuschelten die Jungs, wenn ich auftauchte. Umso mehr aber, wenn ich mich wieder einmal absonderte, um in irgendeiner Ecke meinen Tränen freien Lauf zu lassen. Ich war schwer getroffen, war regelrecht krank: Ich litt unter Heimweh!

Offenbar wussten die Betreuer nicht so recht, wie sie damit umgehen sollten. Sie hatten sich wohl untereinander abgesprochen, mich in Ruhe zu lassen. Zuweilen, wenn ich mal wieder weinend an einer Ecke saß, gesellte sich ein Betreuer zu mir, aber sonst ließ man mich in Ruhe und hatte auch anscheinend den anderen

Kindern erklärt, um was es eigentlich ging. Dennoch waren die Betreuer ein wenig überfordert. Heimweh, das vermutete man eher bei den kleineren Kindern. Um an diesem Ferienlager teilzunehmen, musste man aber mindestens zehn Jahre alt sein und bei über Zehnjährigen war Heimweh wohl doch ungewöhnlich. Hinzu kam natürlich meine Scham, denn als Junge weint man nicht. Und schon gar nicht aus Heimweh. Nun – ich musste da durch, denn es gab schließlich keine Alternative. Zu Hause anrufen? Ging nicht, denn wir hatte ja kein Telefon. Außerdem – was hätten meine Eltern denn machen sollen? Mich zurückschicken ohne Begleitpersonal? Das ging schon damals nicht. Hätten Vater oder Mutter mich abholen sollen? Undenkbar. Also musste ich die drei Wochen Ferienlager überstehen.

Schließlich kamen der letzte Tag und die Heimreise und dann war ich wieder zuhause und alles war gut und vergessen.

Ein gutes halbes Jahr später, längst dachte ich nicht mehr an Marul und mein Heimweh. Ich saß in der Küche und hatte gerade mein Mittagessen beendet. Mutter werkelte am Herd und meinte, es sei doch sicher eine gute Idee, wenn sie bei der Caritas nachfragen würde, ob wieder ein Ferienplatz frei sei. Augenblicklich stieg wieder die Erinnerung an die schrecklichen Gefühle in mir hoch, die ich in Marul erlebt hatte. Mir kamen die Tränen. Mutter war bestürzt; sie hatte angenommen, diese Zeit läge längst hinter mir. Schnell versicherte sie mir, dass ich niemals gegen meinen Willen in irgendein Ferienlager verschickt werden würde. Schließlich war ich beruhigt und alles war wieder gut. Heimweh sollte ich bis heute niemals wieder spüren – ganz im Gegenteil!

Tauschgeschäft

Wir waren nicht viele Kinder meines Jahr-
gangs in unserer Nachbarschaft. Eigentlich nur drei. Genaugenommen nur zwei, denn
Elmar, der jüngste Sohn unserer Nachbarn war
ein Jahr älter und nur mit Reinhard, der ein paar
Häuser weiter zur Stadt hin wohnte, ging ich in
eine Klasse. Ich sah ihn zwar täglich in der
Schule, aber wir verbrachten eher selten die
Nachmittage zusammen.

Mit Elmar, einem stillen in sich gekehrten
Jungen, war auch nicht viel anzufangen. So war
ich meistens außerhalb der Schule nur mit meinen Geschwistern zusammen; konnte mich aber
auch sehr gut nur mit mir selbst beschäftigen.
Die anderen Kinder in unserer Klasse wohnten
so weit entfernt, fast schon in anderen Stadttei-
len. Das lag vor allem auch daran, dass der Fluss
die Wohngebiete trennte und jedes Treffen mit
den anderen Jungs aus unserer Klasse erstmal einen recht langen Weg bedeutete. Erst als ich ein
Fahrrad hatte, war das kein Problem mehr.

Elmar, mein direkter Nachbarjunge war das
jüngste Kind seiner schon recht betagten Eltern.
Ein echter Nachzögling mit einem schon erwachsenen Bruder und zwei ebenfalls fast erwachsenen Schwestern, die an ihm wie an Mut-
terstatt hantierten und regierten. Es war

demzufolge etwas schüchtern. Wenn wir zusammen spielten, dann immer bei uns oder auf der Straße, nie bei ihm zu Hause. Irgendwie gab es da keinen Zugang zwischen den Familien. Das war bei Reinhard anders. Er hatte noch eine ältere Schwester und einen jüngeren Bruder. Sein Vater arbeitete auch bei der Bahn und war sozusagen ein Kollege meines Vaters. Die Männer kannten sich, das war's aber auch schon. Die Familie war erst nach dem Krieg in unsere Straße gezogen und hatte dort ein kleines Haus gebaut, wie alle mit einem Gemüsegarten hinten dran.

Jede Familie in unserer Straße war katholisch und jede ging sonntags zur Messe, meistens zum Hochamt um zehn Uhr. Nur von Reinhards Familie, die zwar ebenfalls katholisch war, sah man an Sonntagen selten jemanden in der Kirche. Außerdem war Reinhards Mutter ein wenig schrill und laut und zudem galt die Familie als kommunistisch angehaucht. In einer Zeit, als Konrad Adenauer das Wort führte und die UDSSR noch „ßowwettunion" hieß, zumindest im adenauerschen rheinischen Singsang, war das ein vernichtender Ruf. Es war klar, dass wir mit solchem „Pack" nichts zu tun haben wollten und sollten.

Reinhards Vater war ein Mann, der durch eine extrem aufrechte Körperhaltung und einen stechenden Blick zu beeindrucken verstand. Da in jener Zeit die Kommunistische Partei in

Westdeutschland verboten war, hatte er sich in der SPD engagiert und hielt entsprechende Reden auf jeder Betriebsversammlung, die im Werk stattfand. Zu allem Unglück war Reinhard auch noch bei den „Falken", einer SPD-nahen Jugendorganisation unterwegs. Die Falken hatten ein Jugendheim, nicht weit von uns, galten als rote Agitationsgruppe und waren unter den Katholiken entsprechend verpönt. Ich glaubte auch fest daran, dass die Mitgliedschaft bei denen zur Exkommunikation und zwangsläufig zu ewiger Verdammnis führte.

Meine Mutter sah es daher gar nicht gern, wenn ich mich mit Reinhard verabredete.

Eines Tages erzählte mir Reinhard von einem Vorhaben seines Vaters, einen Roller in einen Fahrradanhänger umzubauen. Dazu fehlte ihm aber noch ein aufpumpbares, einzelnes Rad. Nun hatte sich auf unserem Hof im Laufe der Jahre natürlich allerlei an Werkzeug und Ersatzteilen angesammelt. Weggeworfen wurde nur selten, denn solange Platz genug da war, bestand ja die Möglichkeit, ein Teil irgendwann nochmal gebrauchen zu können.

Unter den vielen Teilen befand sich auch ein altes Rad eines Tretrollers, wie Reinhard eines suchte. Es lag schon eine Ewigkeit dort und niemand schien es zu beachten. Eines Tages würde es auf dem Schrotthaufen landen, dessen war ich mir sicher. Ich hatte also kein schlechtes

Gewissen, das Rad gegen ein paar Micky-Maus-Hefte einzutauschen. Der Handel kam zustande – und alles war gut. Aber – wie heißt es so schön, kleine Sünden werden sofort bestraft, große später. So war es dann auch. Nach ein paar Wochen, ich hatte die Sache längst vergessen, flog alles auf. Ich merkte nur, dass Vater etwas suchte, und suchte und schließlich wurde ich gefragt, ob ich das Teil gesehen hatte. Ich verleugnete. Vater suchte immer weiter und inzwischen beteiligte sich auch Mutter daran. Die ganze Sache nahm allmählich bedrohliche Formen an. Ich saß in der Falle. Ich hatte gehofft, dass sich die Sache durch meine Notlüge, nicht zu wissen, was es mit dem Rad auf sich habe, von selbst erledigen würde. Aber dem war nicht so. Vater suchte weiter das verschwundene Teil, denn er war sich absolut sicher, dass es in unserem Besitz gewesen war. Schon aus diesem Grund gab er nicht auf.

Es kam der Tag, an dem ich gestehen musste. Beim Mittagessen war das verschwundene Teil mal wieder Thema. Schließlich bekannte ich kleinlaut mein Geschäft mit Reinhard. Vater war bitter enttäuscht. Nicht so sehr, weil ich etwas weggeben hatte, was mir nicht gehört hatte, sondern weil ich ihn hatte suchen lassen ohne Laut zu geben. Mutter sagte nichts; setzte aber einen ihrer unvergessenen Blicke auf, aus denen Bände sprachen; das wäre ja zu erwarten gewesen und nur so etwas könne bei dem Umgang mit Reinhard herauskommen. Ich wurde verdonnert, das Rad zurückzuholen. Also erklärte ich Reinhard mein Problem und wir machten den Deal wieder rückgängig. Hätte nämlich mein Vater mit seinem gesprochen, hätte es für Reinhard ein paar ordentliche Ohrfeigen gesetzt, mit denen seine Eltern reichlich und schnell zur Hand waren.

Angstengel

U nser Schul- und Familienleben wurden weitgehend durch die kirchlichen Feiertage und Rituale mitbestimmt.

Es gehört zur katholischen Glaubenslehre, zumindest für die einfachen Leute, dass viel beten auch viel hilft. Da waren keinerlei Grenzen gesetzt. Ich jedenfalls glaubte fest daran, dass Gott mich umso mehr lieben, je öfter ich ein Gebet sprechen würde. Von klein auf hatte ich gelernt, dass Gott über alles wacht, alles sieht und allerlei Strafen bereithält und davor hatte ich Angst. Was wäre, wenn ich sterben würde und vorher nicht beichten und bereuen konnte und nicht im Stande von Gottes Gnade sein würde. Ich hatte Angst vor dem Tod und vor allem vor der Hölle und dem Fegefeuer. Als normaler Mensch konnte man das Fegefeuer wohl nicht umgehen, fromme Nonnen wohl ausgenommen. Es würde wohl nicht so schlimm sein und war ja auch, wie wir lernten, zeitlich begrenzt, je nach Volumen des persönlichen Sündenregisters – aber die Hölle, das war ewige Verdammnis und ewig war nun mal ewig.

Wenn Oma uns Geschichten erzählte, dann handelte es sich eigentlich immer um Legenden von Heiligen und wie man weiß, endete diese Spezies nicht selten blutig und grausam als gottesfürchtige Märtyrer. Das war durchaus spannend, aber fragwürdig für meine kindliche Fantasie und auf jeden Fall die Gottesfurcht fördernd.

Was ich ganz und gar nicht verstand, war der vermeintliche Wunsch der Gläubigen, sobald wie möglich ins himmlische Paradies zu kommen. Um dahin zu gelangen, musste man nicht nur eins sein mit Gott, vor allem aber musste man vorher sterben! Genau das wollte aber ich nicht. Warum hätte ich auch sterben sollen? Ich sehnte mich nicht nach dem Paradies und konnte mir auch so recht gar nichts darunter vorstellen. Außer vielleicht, dass man dort oben immer schönes Wetter hatte, keine Schmerzen und keine Sorgen. Aber mir ging es auch da, wo ich jetzt war, ganz gut. Ich hatte keine Sorgen, weder Schmerzen noch sonstige Probleme, mal abgesehen davon, dass ich mir etwas mehr Gottes Hilfe bei Klassenarbeiten wünschte und ab und an auch Taschengeld.

Ich war es gewohnt, abends zu beten und ein Gebet flößte mir dabei immer besonderes Unbehagen ein. Es waren dies die vierzehn Engel, die angeblich um mich standen, um mich zu beschützen. Soweit so gut. Aber in den letzten Zeilen hieß es: „... und zwei, die dich geleiten ins himmlische Paradies." Da war es wieder! Es schien mir widersinnig, einerseits den Tod zu fürchten und andererseits um Geleit ins

himmlische Paradies zu bitten. Ein anderes Gebet
endete ebenfalls mit den furchterregenden Zeilen:

„... morgen früh, wenn Gott will, wirst du wieder geweckt." Immer, wenn ich dieses Lied betete oder hörte, hoffte ich inständig, dass Gott mich übersehen würde. Und Gott erhörte mich ganz offensichtlich. Er wollte wohl, dass ich morgens aufwache und das ist, Gott-sei-Dank, bis heute so geblieben.

So blieb die latente Gottesfurcht, die mich ein Kinderleben lang begleitete und niemand war da, mit dem ich hätte darüber reden können. Mutter und Oma vertraten eine ganz klare, zuweilen aggressive Haltung, wenn es um die Verteidigung der katholischen Lehre ging. Am ehesten hätte ich noch mit Vater darüber sprechen können, doch der hielt sich klugerweise raus.

Der sonntägliche Kirchenbesuch war Pflicht und oftmals auch noch ein Besuch der Andacht am Sonntagnachmittag. Gerade diese fand ich schon als Kind äußerst lästig, zumindest solange ich noch kein Fahrrad hatte und zu Fuß zur Kirche laufen musste, was immerhin bei schnellem Schritt mindestens eine halbe Stunde hin und wieder zurück bedeutete. Vor dem Hintergrund dieser regelmäßigen Kirchenbesuche wusste ich schon frühzeitig zu schätzen, wenn eine Messfeier oder eine Andacht von einem Priester gehalten wurde der es, aus welchen Gründen auch immer, eilig hatte und ruckzuck eine Messe in dreißig Minuten zelebrierte, ja eher abspulte. Unser alter Pfarrer dagegen brauchte in der Regel eine Stunde und länger für eine Messe.

Die Zeremonien, Rituale, Lieder und Gesänge wirkten monoton und düster auf mich und flößten mir Angst ein. Ich war meistens ein fröhliches Kind, aber ein Kirchenbesuch wirkte nie erheiternd oder sogar tröstend auf mich. Ich wusste auch gar nicht, über was oder für was ich getröstet werden musste. Bei den kleinen Missgeschicken des Alltags konnten mir sowieso weder Gott noch Priester helfen. Das funktionierte nur bei Oma, die zum heiligen Antonius betete, wenn sie mal wieder ihre Brille oder anderes Zeug unauffindbar verlegt hatte. Antonius war ja bekannt dafür, den sündigen Gläubigen in solchen Situationen zu helfen, und siehe da, nach inbrünstigem Anflehen um seine Hilfe, fand sich das Gesuchte in irgendeiner Sofaspalte wieder.

Der Altar

Ich lebte also in einer gewissen Spannung zwischen Gott, Kirche und Religion einerseits und meinen Empfindungen andererseits. Aber weder von der Reife noch von der Bildung her hätte ich diese widersprüchlichen Empfindungen ausdrücken können. So war es doch für mich auch selbstverständlich gewisse Rituale, die mir auch durchaus Freude bereiteten, mitzumachen. Dazu bot der Monat Mai beispielsweise Gelegenheiten.

Mai ist der! Marienmonat. Die Mutter von Gottes Sohn wird im Mai besonders verehrt und ihr zu Ehren gibt es besondere Andachten. Maria ist, bzw. war ja bekanntlich Jungfrau und so passt das jungfräuliche Grün im Mai bestens zum Marienmonat. Die Kirchen und Kapellen sind dann mit frischem Grün geschmückt, vorwiegend von jungen Birken.

An einem Samstag Anfang Mai kam ich auf die Idee, mir einen eignen Maialtar zu bauen. Nicht weit von unserem Haus, an einer kleinen Allee, stand eine ganze Reihe von Birkenbäumen. An deren Zweigen spross schönes, frisches, grünes Laub und sie eigneten sich ausgezeichnet für einen Marien-Altar im Mai. Also schnappte ich mein Fahrrad, um die Birken zu rupfen. Wir hatten noch eine etwas ramponierte, recht bunte Madonnenfigur aus Gips rumstehen und um die herum wollte ich meinen Maialtar bauen. Dazu gehörte auf jeden Fall eine Menge grünes Zeug, am besten eben frische Birkenzweige. Eine geweihte Kerze aus dem unerschöpflichen Devotionalienbestand von Oma sollte den Altar komplettieren und ihm eine gewisse Heiligkeit verleihen.

Ich schleppte also einen ganzen Haufen Birkenzweige ins Haus und drapierte das frische Gebüsch rund um die Madonna auf dem Nachttisch neben meinem Bett. Die Birkenzweige verdrillte ich an den Spitzen ineinander und befestigte sie mit Draht – an solchen Dingen mangelte es in unserem Haushalt niemals – so dass ein kleiner Dom aus grünen Zweigen entstand, unter dessen Blattgewölbe die Gottesmutter gütig lächelte. Irgendwo lagerte auch noch ein zu Weihnachten von meinen Schwestern selbst gebastelter Kerzenständer, der nun seine Bestimmung fand und damit war der Altar perfekt. Jetzt konnte ich meine eigene Maiandacht halten. Auf einem Kissen vor dem umfunktionierten Nachtschrank kniend spielte ich die Maiandacht nach. Ich hatte bei den Kirchenbesuchen genau hingeschaut und wusste schließlich von Oma, wie man richtig und inbrünstig betet und hatte somit eine gewisse Kompetenz in Sachen Anbetung und Heiligenverehrung erworben. Und da beten keinem schadet, ließ man mich gewähren.

Oma war hellauf begeistert und wiederholte des öfteren: „Der Junge wird mal Priester." Woraufhin Vater, der in Bezug auf diese Dinge eine entschieden weltlichere und, wie mir schien, distanziertere Meinung hatte als Mutter und Oma, nur knurrte: „Red' bloß keinen Blödsinn." Und Oma, nicht auf den Mund gefallen, mit ihrem Standard retournierte: „Versündige dich nicht".

Womit ich nicht gerechnet hatte, war das biologische Verhalten der Birkenreiser. Trotz umfänglicher Bewässerung entlaubten sich die Zweige nach wenigen Tagen und die Pracht zerfiel. So sehr Mutter sicher zufrieden war mit der Frömmigkeit ihres Ältesten, so sehr begrüßte sie es wohl auch, dass der Altar und damit das staubige Birkenlaub verschwanden.

Im Heu

Unsere eigenen Wiesen lieferten nicht genug Heu, um unsere Kuh durch den Winter zu bringen. Also kaufte Vater gelegentlich und je nach Bedarf Heu dazu. Das heißt, er kaufte das auf einer Wiese stehende Gras, denn mähen, heuen und schließlich auch noch einfahren mussten wir es selbst.

Gras wächst, aber Heu macht man, man muss es regelrecht anfertigen. Heu ist sozusagen das haltbar gemachte Winterfutter für Kühe. Zu diesem Zweck muss das Gras getrocknet werden. Heu machen ist eine schwere Arbeit und erforderte den Einsatz der ganzen Familie, es sei denn, man verfügt über entsprechende Maschinen.

Sobald das Wetter es zuließ, hatte Vater das Gras mit der Sense gemäht. Alle paar Meter musste die Sense mit dem Wetzstein, den er in einem mit Wasser gefüllten Holzetui am Gürtel trug, nachgeschliffen werden. Er war an diesem Tag wohl nicht ganz konzentriert oder, weil er vorher eine Nachtschicht gehabt hatte, wohl auch etwas müde, jedenfalls schnitt er sich beim Schärfen der Sense in den Daumenballen. Es blutete sehr stark, Vater wurde kreidebleich und musste sich erstmal hinsetzen. Nur mit dem Taschentuch war die Blutung nicht zu stoppen, er musste die Arbeit unterbrechen und fuhr mit dem Fahrrad nach Haus, um die Wunde zu versorgen. Mutter verband die Wunde ordentlich und machte erst einmal einen starken Kaffee mit einem rohen Ei – das generelle Stärkungsmittel in unserer Familie. Eigentlich hätte Vater mit dieser Verletzung ins Krankenhaus gehen müssen, um die Wunde nähen zu lassen. Aber das kam nicht in Frage. Das Wetter konnte sich jederzeit ändern und das Heu musste eingebracht werden. Also blieb Vater nichts anderes übrig, als zurück zu fahren und weiter das Gras zu mähen. Vater war trotz seiner Kriegsverletzung ein guter Mäher. Seine Sensen dengelte und schärfte er natürlich selbst.

Nachdem das Gras geschnitten war, blieb es zum Trocknen am Boden liegen. Doch damit es nicht faulte, musste es mindestens einmal am Tag gewendet werden; besser zweimal, morgens und nachmittags. Dazu nahm man einen Rechen, der bei uns Harke genannt wurde, und wendete damit in langen Bahnen das Gras. Nach einigen Tagen wurde das Gras immer trockener und damit leichter, bis es so trocken war, dass wir es einfahren konnten. Das Heuen in der sengenden Sonne war eine schwere Arbeit, schweißtreibend und wenig beliebt, denn außerdem war es eine langweilige Tätigkeit. Aber es gab keine Alternative, das Heu musste gemacht werden.

Ich war gerade ein paar Monate vorher einge- schult worden und die in diesem Jahr hinzuge- pachtete Wiese befand sich unglücklicherweise auf der anderen Flussseite. Das war zwar direkt gegenüber unserem Haus; man musste aber, um dahin zu kommen, erst über eine Brücke ein Stück flussabwärts und dann wieder zurück. Für das Mähen und Heuen konnte man gut ein Fahr- rad nehmen, aber für den Abtransport, das Ein- fahren des Heus, brauchten wir einen Wagen mit einem Pferd oder einem Trecker.

Als Nebenerwerbslandwirte hatten wir aller- dings nur begrenzte Ressourcen zur Verfügung. Wir besaßen zwar einen Leiterwagen, aber kein Pferd und schon gar keinen Trecker. Vater träumte zwar manchmal von einem Einachser, aber die Anschaffung lohnte sich nicht wirklich. So ein Einachser war eine feine Sache. Er be- stand praktisch nur aus einer Achse mit einem Motor drauf, einem einfachen Getriebe und ei- ner langen Steuergabel. Man konnte den Einach- ser vor einen Wagen spannen. Dann setzte man sich auf das Wagenbrett und konnte so das Ge- spann steuern. Es ließ sich auch ein Pflug anhän- gen und dann über die Gabel, genauso wie bei einem Rasenmäher, lenken. Mit einfachen Bow- denzügen wurde Gas gegeben und das Getriebe gekuppelt. Manche Kleinlandwirte hatten so ein Ding, für uns jedoch kam das nicht infrage; es war zu teuer. Also musste sich Vater jedes Mal, wenn der Leiterwagen gebraucht wurde, von

Onkel Konrad ein Pferd ausleihen. Alle anderen Geräte, um Heu zu machen, Sensen, Harken, Forken und Rechen, besaßen wir natürlich.

Onkel Konrad hatte, wie alle Bauern im Sommer selbst viel zu tun und da war es gar nicht so leicht, einen Termin für das Leihen des Pferdes zu finden. In diesem Jahr aber hatte Onkel Konrad noch zwei weitere Pferde angeschafft. Es handelte sich der Größe nach eher um Ponys. Aber egal. Sie würden wohl in der Lage sein, den gummibereiften Leiterwagen zu ziehen. Unser Wagen kam dafür nicht infrage, denn er hatte große Holzräder, die mit Eisenringen beschlagen waren. Eine äußerst stabile Konstruktion, ähnlich den Planwagen, die man in alten Western sieht, aber auch schwer zu bewegen. Unseren Wagen nutzen wir dann, wenn wir Heu einfuhren, das direkt von einem Feld am Haus kam. Dann spannte sich Vater selbst an die Deichsel und die ganze Familie musste schieben. Jetzt aber bekamen wir von Onkel Konrad mit den Pferdchen auch noch den gummibereiften Wagen geliehen.

Es war ein typischer Sommertag, heiß und bedeckt und nachmittags wollten wir das Heu einbringen. Regen war vage angesagt und der Hundertjährige verhieß für die kommenden Wochen recht durchwachsenes Wetter.

Mittags fuhr Vater mit dem Fahrrad zu Onkel Konrad, um Pferde und Wagen abzuholen und ich fuhr auf dem Gepäckträger mit. Ich war sehr stolz und hatte Spaß, denn ein Wagen, gleich mit zwei Pferden, das war schon was.

Mutter, meine kleine Schwester Anneliese und Elmar unser Nachbarsjunge wollten mit den Fahrrädern schon mal zur Wiese fahren, um das Heu zu großen Haufen zusammen zu harken. Vater würde dann mit dem Wagen von Haufen zu Haufen fahren und aufladen. Die Aufgabe von uns Kindern war dann, die Reste zusammen zu harken, damit möglichst nichts zurückblieb.

Als wir mit dem Gespann ankamen, standen die Haufen schon. Mutter kletterte auf die Ladefläche und Vater spießte große Heuballen mit einer Forke auf und wuchtete sie auf den Wagen. Das war eine außerordentliche Plackerei, zumal es heiß war, voll Gewitterluft und die Arbeit fiel ihm wegen seines verkrüppelten Arms doppelt schwer. Für Mutter, oben auf dem Wagen war es auch nicht einfacher. Nach gut zwei Stunden hatten wir das ganze Heu auf dem Wagen und die Wiese sah aus wie geleckt. Nun wurde ein Strick über den Wagen gespannt, damit auch nichts herunterfallen konnte und es konnte losgehen. Für uns Kinder war das neben der Arbeit natürlich auch ein Stück Abenteuer, weil wir anschließend, hoch auf dem Wagen zurückfahren durften.

Zwischen der Wiese und der Straße, einer mäßig befahrenen Chaussee, lag ein trockener

Wassergraben, mit Brennnesseln bewachsen. Von der Wiese aus ging es über eine kleine Betonbrücke, möglichst mit genügend Schwung, auf die etwas höher gelegene Chaussee. Von dort würde es dann leicht weiter nach Hause gehen.

Vater ging also neben den Pferden und führte das Gespann sozusagen mit Anlauf und dem notwendigen Schwung über die Brücke an die Straße. Unglücklicherweise musste er dort aber anhalten, um einige Autos vorbeizulassen. Die beiden Pferde konnten den Wagen wohl nicht halten, der nun langsam, aber unaufhaltsam zurückrollte. Zu allem Unglück hatte die kleine Betonbrücke kein Geländer und so kam eines der hinteren Räder von der Brücke ab, womit der Wagen sein Gleichgewicht verlor und umkippte. Die ganze Ladung landete in dem Graben. Und da wir Kinder obenauf saßen, fiel das ganze Heu auf uns drauf. Wir waren im Graben eingeschlossen.

Wir schrien, wohl mehr aus Schreck und Angst; es war stockduster, wir konnten uns nicht bewegen, denn das Heu bedeckte uns meterhoch – doch waren wir nicht verletzt.

Mutter griff sofort nach einer Forke und begann das Heu aus dem Graben zu zerren. Vater lief zur Chaussee, stellte sich mitten auf die Straße und stoppte die Autos. Er rief die anhaltenden Autofahrer um Hilfe. Einige stiegen aus und alle eilten nun herbei, um das Heu zu entfernen. Schließlich hatte man uns frei bekommen und es zeigte sich, dass wir unverletzt waren, allerdings über und über von Brennnesseln gezeichnet. Das Ganze hatte vielleicht höchstens zwanzig Minuten gedauert, aber der Schock verhinderte wohl, dass wir allzu große Schmerzen hatten und auch sonst keine Blessuren aufwiesen. Mutter weinte, Vater war kreidebleich and allen stand der Schock im Gesicht. Sie hatten uns wohl schon erstickend unter den Heumassen gesehen.

Durch Schaden wird man klug. Nachdem nun feststand, dass die Pferdchen nur über eine höchst begrenzte Kraft verfügten, verkeilte Vater den wieder aus dem Graben geschobenen Wagen schon an der Böschung derart, dass er nicht mehr zurücklaufen konnte. Das Heu wurde wieder aufgeladen und da inzwischen weniger Verkehr auf der Chaussee herrschte, kam das Gespann auch gut auf die Straße und das Fuder in unseren Hof. Mitfahren, oben auf dem Wagen, durften wir dann allerdings nicht mehr.

Geschenke

Ein richtiges, also vollwertiges Kirchenmitglied und in die Glaubensgemeinschaft aufgenommen, wird man eigentlich erst mit der Erstkommunion. Ein wichtiges Sakrament für Katholiken. Was dem Protestanten die Konfirmation, dem Juden die Bar Mitzwa, das ist dem Katholiken die Erstkommunion. Wie bei der Taufe auch, wird das Kind nicht gefragt, ob es damit einverstanden ist, sondern die Kommunion war fester Brauch, der nicht hinterfragt wurde. Auf diese Weise erfährt ein Kind, schon bevor es überhaupt erwachsen ist, mindestens zwei Vergewaltigungen, die Taufe und die Erstkommunion. Ich habe das dann später korrigiert, indem ich aus der Kirche ausgetreten bin.

Die Erstkommunion ist eine große Sache. In jeder Hinsicht! Um diesem Anlass auch würdig zu sein, bekamen wir schon Monate vorher einen speziellen Unterricht durch den Pfarrer und den Vikar unserer Gemeinde. Da es in unserer Schulklasse ohne Ausnahme nur katholische Kinder gab, fand der Unterricht praktischerweise gleich in der Schule statt. Da hatten wir es viel besser, als zum Beispiel Kinder, die in der Diaspora lebten, also in Gegenden mit gemischter Bevölkerung und nur wenigen Katholiken. Für diese vielen Nicht-Katholiken, sogenannte

„Heidenkinder", beteten wir nach jedem Kommunionunterricht.

Doch bevor ich das erste Mal die heilige Hostie – den Leib des Herrn – empfangen durfte, musste ich erst einmal meine Sünden loswerden. Dazu gab es Gottseidank die praktische Einrichtung der Ohrenbeichte. Am Samstag, also unmittelbar vor dem Weißen Sonntag, ging ich mit all den andern Aspiranten zur Beichte. Ich hatte lange überlegt, was ich dem Vikar denn wohl erzählen wollte, vernünftigerweise gab es eine Anleitung, in der nachzulesen war, in welche Kategorie, lässlich, schwer oder gar Todsünde, ein Vergehen einzuordnen war. Diese Gewissenserforschung, die jeder Beichte vorausging, war gar nicht so einfach. Ganz klar, zu den Sünden gehörte alles, was im Widerspruch zu den zehn Geboten stand. „Du sollst nicht lügen" zum Beispiel, aber das war einfach. Komplizierter wurde es bei gewissen Feinheiten. Zank zwischen Geschwistern wurde leider in den zehn Geboten nicht behandelt und so blieb es dann mir überlassen zu entscheiden, was an mir sündhaft war oder was nicht. Zu meinem Glück war ich da gerade mal neun Jahre alt und hatte weder feuchte Träume noch mit meiner Libido und auch mit Mädchen so rein gar nichts am Hut. Sonst wäre die Gewissenerforschung wohl etwas schwieriger geworden. Schließlich wollte ich, wie meine Schulkameraden auch, nicht stundenlang im Beichtstuhl zubringen. Wir beobachteten uns natürlich gegenseitig, wer wohl wie lange im Beichtstuhl blieb. Eigenartigerweise ging es bei den Mädchen, die, deutlich von uns getrennt, auf der linken Seite des Kirchenschiffs saßen, wesentlich langsamer als bei uns. Der Vikar, der uns Jungen die Beichte abnahm, wollte wohl auch nach Hause, jedenfalls kamen wir in der Regel gnädig davon. Als Reueaufgabe mussten die meisten von uns so ein, zwei „Vaterunser" und „Gegrüßet seist du Maria" beten, was ruckzuck runtergeschnurrt war – und gut war's. Somit, wieder im Stande der Gnade Gottes, waren wir bereit für den großen Tag. Dieser fand traditionell am Sonntag nach Ostern, dem Weißen Sonntag statt und ist für alle und ohne Ausnahme, eine willkommene Gelegenheit zu zeigen, was man hat. Opulenz war und ist ein wesentlicher Teil des katholischen Selbstverständnisses. Sack und Asche sind an einem Tag, wenn das eigene Kind zur ersten heiligen Kommunion geht, definitiv nicht angesagt.

Obligatorisch für einen Jungen war natürlich ein Kommunionanzug. Onkel August, Mutters jüngster Bruder, war Abteilungsleiter im Kaufhof-Konzern und ließ Mutter gelegentlich ein paar Rabattgutscheine zukommen. Damit versehen fuhr Mutter mit dem Fahrrad mit mir auf dem Gepäckträger zu unserem Kaufhof und erstanden einen dunkelblauen Anzug für mich. Mit Sakko und Hose, aber praktischerweise einer kurzen, damit ich sie auch im Sommer noch tragen konnte. Wohlhabende Familien kauften natürlich einen Anzug mit langer Hose. Aber das war in unserer Klasse dann doch eher eine Ausnahme. Lediglich mein Klassenkamerad Daniel, der bei seiner Oma, die nur eine kleine Rente hatte, unweit von uns in den Baracken aufwuchs, trat zur Kommunion in einem neuen Pullover an.

Es war selbstverständlich, dass alle Onkel und Tanten, mitsamt Anhang eingeladen wurden und auch kamen. Die Feier sollte bei uns zu Hause stattfinden, wo auch sonst? Dafür ein Lokal zu mieten, wäre niemanden in den Sinn gekommen und auch zu teuer gewesen. Schon Tage vor dem Weißen Sonntag wurde gebacken und vorbereitet, was Küche und Keller hergaben. Zum Mittagessen sollte es ein festliches Menü geben, eine gute Rindfleischsuppe, feines Gemüse mit möglichst schon jungen Kartoffeln und natürlich ein ordentlicher Braten. Alles andere
oder gar weniger wäre peinlich gewesen. Abzuschließen war die Völlerei mit verschiedenen Sorten Pudding, Sahne und anderen fetten Sachen. Zwar litt zu dieser Zeit niemand mehr wirklich Hunger, aber man erinnerte sich noch an die schlimmen Zeiten und so wurde bei solchen Festen getafelt, als gäbe es kein Morgen. Und nicht zu vergessen den obligatorischen Korn und Wacholder zur besseren Verdauung.

Nach dem Essen begab sich die ganze Gesellschaft in den Garten, um dort alles zu begutachten und da man den Gastgebern eine Freude machen wollte, wurde alles und jedes ausgiebig gelobt. Mitten am Nachmittag mussten wir dann nochmal los, wieder in die Kirche, diesmal zur Dank-Andacht. Da gingen aber nur noch meine Eltern und Mutters Eltern mit, denn Opa war ja mein Pate.

Während wir unterwegs waren, hatten Oma und Tante Else die Zeit genutzt, um die Kaffeetafel vorzubereiten. Bei unserer Rückkehr stand schon alles bereit. Der Kaffee, selbstverständlich Bohnenkaffe, war bereits gekocht und die Buttercremetorten aus dem Keller geholt und alles gedeckt. Das Futtern ging weiter. Nebenbei durften sich Mutter und Vater, ich in der Mitte, zum ebenfalls obligatorischen Foto aufstellen.

Die erste heilige Kommunion ist auch ein Fest der Geschenke und das war bei uns nicht anders. Dabei spielen Paten eine besondere Rolle. Ihnen fiel in der Regel die Aufgabe zu, das größte Geschenk zu machen. Den theologisch wichtigen Teil, nämlich die Aufnahme in die Kirchengemeinschaft, dass interessierte uns eigentlich weniger oder besser gesagt, wir hatten keine Ahnung von diesen Dingen. Religion und Glauben, das war für mich wie das tägliche Atmen – nichts, über das ich nachdachte, damit war ich wie mit den Jahreszeiten aufgewachsen –

alles war selbstverständlich und nicht zu hinter-
fragen. Die gelegentlichen Erklärungen und
Deutungen der Bibel, der Katechismus und Gottes Allmacht, üblicherweise zelebriert in den
sonntäglichen Hochamt-Predigten, waren in der
Regel so abgehoben, dass ich das meiste eh nicht
verstand. Und wie das so ist mit den Dingen, die
regelmäßig sind, verlieren sie ihren Reiz und
ihre Bedeutung. Sehr real dagegen waren konkrete Anlässe, wie das Fest der Erstkommunion
und – die zu erwartenden Geschenke.

Die Nachmittagsandacht begann gewöhnlich
um drei Uhr und wir Kommunionkinder hatten
reservierte Plätze in den vorderen Bankreihen
der Kirche. Es herrschte ein ständiges Murmeln
und Geflüster. Die besser gestellten unter uns
hatten nämlich ihr wichtigstes Kommunionge-
schenk bereits angelegt und das war im Allgemeinen eine goldene Uhr, traditionell vom je-
weiligen Paten geschenkt. Die erste eigene Uhr!
Stolz wurden diese Pretiosen, wenn auch heim-
lich, in der Andacht gezeigt. Ebenso wichtig und
nicht zu unterschätzen, waren Geldgeschenke.
Alle möglichen Summen geisterten durch den
Raum. Der Spitzenreiter in unserer Klasse, war
Johann. Er brachte es auf zweihundert Mark. Ich
wusste zu dieser Zeit den Wert des Geldes noch
gar nicht zu schätzen. Es ging auch mehr darum,
möglichst viel einzusammeln, als um den eigentlichen Kauf- und Geldwert. Denn eines war ja
klar und das galt wohl für alle meine

Klassenkameraden, die Geldgeschenke wurden von den Eltern verwaltet. Genauer betrachtet, gab es zu diesem Fest eigentlich mehr Geschenke für die Eltern als für die Kinder. Gummibäume und Topfpflanzen, den Topf verpackt in grünen oder weißen Rosetten, gab es zuhauf. Ich bedankte mich artig für jedes Geschenk und fand es völlig überflüssig, wenn Mutter mal wieder für alle hörbar sagte, hast du dich denn schon bei Tante Änne, Minchen, Angela – und wie sie alle hießen – bedankt. Ich war nur daran interessiert, die Rituale so schnell wie möglich hinter mich zu bringen und nach draußen, zu den anderen Kindern zu kommen.

Negerjungs

Ich stand hinter der Tür und betete: „Lieber Gott, mach', dass Margot nicht petzt." Da trat Fräulein Niggemeier durch die Tür in die Klasse. Sofort verebbte der Lärm und die meisten der fünfundzwanzig Kinder unserer Klasse rannten schnell zu ihren Plätzen. Ich kam hinter der Tür hervor und sah, wie Margot auf Fräulein Niggemeier zuging und sie aufgeregt ansprach. Gott hatte mich offensichtlich nicht erhört und die Katastrophe konnte ihren Lauf nehmen.

Am Tag vorher hatte ich meinen Klassenkameraden Reiner getroffen. Wir fuhren mit unseren Fahrrädern am Fluss und redeten über alles und jeden; was uns als Zehnjährige so interessierte und wichtig erschien. Wir trödelten rum. Ein paar Monate vorher waren wir zusammen mit der ganzen Klasse zur Erstkommunion gegangen und ich wollte nun Messdiener werden und dazu gab es zweimal in der Woche nachmittags Unterweisungen durch unseren Pfarrer und den Vikar. Reiner, der aus einer eher liberalen katholischen Familie kam, in der man die kirchlichen Rituale weniger streng nahm, wollte natürlich wissen, wie das so sei, der Messdiener-Unterricht und das ganze Drum und Dran. Natürlich lästerten wir auch über den einen und anderen unserer Klassenkameraden und besonders ein paar Mädchen standen im Mittelpunkt unseres Interesses. Dabei ging es weniger um Erotisches; davon hatten wir eh' keine Ahnung, sondern um das Familienleben unserer Mitschüler. Die meisten Mütter der Mädchen und Jungen in unserer Klasse waren Hausfrauen und die Väter Arbeiter oder Angestellte, was man zu jener Zeit noch deutlich unterschied. Lediglich zwei Väter waren Akademiker. Gabys Vater, ein stadtbekannter Arzt, behandelte nur Privatpatienten und Margots Vater hatte eine Anwaltskanzlei. Für uns war klar, dass beide Mädchen uns höchstens bis zum Ende des vierten Schuljahres begleiten würden; dann ging's ab aufs Gymnasium. Denn dass diese beiden „Edel"-Kinder das Gymnasium besuchen würden, war klar wie Kloßbrühe. Das hätte niemand in Frage gestellt. Doch es war aber etwas anderes, was Margot von uns anderen unterschied. Für jede gelungene Klassenarbeit erhielt sie von ihrem Vater die unglaubliche Summe von zwei Mark, wenn es mindestens eine Zwei als Note gab. Und Margot schrieb jede Menge Zweien und gab jedes Mal laut bekannt, wenn sie mal wieder geerntet hatte. Das war mehr als ungewöhnlich und wog weitaus mehr als die Tatsache, dass Margot als eines der wenigen Kinder in unserer Schule evangelisch war. Margot war für mich eine echte Exotin.

Wenn mal wieder eine Filmvorführung in der Klasse anstand, was selten genug vorkam und jeder fünfzig Pfennige mitbringen sollte, musste ich Mutter nach dem Geld fragen und ganz selten kam es vor, dass sie aus Kostengründen dieses Vergnügen ablehnte. Taschengeld für Kinder, heute ein probates Erziehungsmittel, war in unserer Familie völlig unüblich. Belohnungen für ein Zeugnis oder gar eine einzelne gute Note erschienen mir eher aus einer anderen Welt.

Umso aufmerksamer war ich natürlich, als mir Reiner an jenem schicksalsschweren Nachmittag erzählte, er habe gehört, dass Margot Sammelbildchen von nackten Negern besaß. Ich war baff. Das war doch mal was. In meiner Aufregung übersah ich allerdings, dass Rainer dieses Gerücht auch nur durch Hörensagen kannte und vergaß zu fragen, woher er diese erschütternde Nachricht habe. Ein schwerer Fehler, wie sich noch herausstellen sollte.

Zu unseren Ritualen der ersten Schuljahre gehörte das Sammeln von kleinen Themenbildchen, die es in Wundertüten und zu allen möglichen Gelegenheiten gab. Gesammelt wurden wilde Tiere, Autos und vieles mehr. Margot also Bilder von nackten Negern, so das Gerücht. Ich dachte mir nichts dabei und hinterfragte auch nicht, woher denn diese Bilder wohl kommen sollten. Aus Fünf-Pfennig-Wundertüten doch wohl nicht. Rainer, der damals schon einen Kopf größer war als ich und fast ein Jahr älter, war außerdem eine Autorität und bei dieser Gelegenheit zeigte sich auch, dass ich mich in diesem

Alter mit einer bemerkenswerten Naivität auszeichnete. Jedenfalls hatte ich nichts Besseres zu tun, als am nächsten Morgen, auf dem Weg von der Kirche zur Schule, es war ein Dienstag und wir hatten unseren Schulgottesdienst, meinem Kumpel Ulrich von der Sache zu erzählen: „Margot sammelt Bilder von nackten Negerjungen!"

Geschwätzig, wie Ulli war, rannte er schnurstracks zu Margot und fragte sie, ob das auch alles so stimmte. Dummerweise hatte ich vergessen, Ulli gegenüber zu erwähnen, dass ich ja nicht der Urheber des Gerüchts war und so stand ich dumm da. Margot war, nachvollziehbar, schlichtweg empört. Nicht wegen der „Neger" – die politische Korrektheit war diesbezüglich noch nicht erfunden – sondern das Nackte war das Anstößige in dieser von Prüderie gekennzeichneten sogenannten Adenauerzeit.

Margot schrie, weinte und tobte und drohte sofort damit, die ganze Sache unserer Klassenlehrerin Fräulein Niggemeier zu petzen. Das allerdings war jetzt eine ernste Sache, die ich nicht mehr kontrollieren konnte. Ich war komplett hilflos. Gott sei Dank hatte ich ja jahrelang gelernt, was in solchen Situationen hilft, und so flüchtete ich mich ins Gebet und in eine äußerst intensive Anrufung des Lieben Gottes. Kaum hatte Margot gepetzt, rief mich Fräulein Niggemeier ach schon nach vorne.

Die Klasse merkte an ihren Ton, dass sich da etwas zusammenbraute. Ich ging nach vorne und Fräulein Niggemeier schrie sofort los. Sie ließ mir gar keine Zeit für eine Erklärung oder gar Verteidigung. Sie holte aus und schlug mir mit langen Armen rechts und links und nochmal rechts und links ihre offenen Hände klatschend ins Gesicht. Ich war geschockt, doch das Schlimmste kam noch. „Du willst doch Messdiener werden", schrie sie mich an. „Ich werde mit dem Pfarrer sprechen und ihm über dich berichten! Dann wollen wir mal sehen, ob du noch Messdiener werden kannst."

Schlimmer hätte es nicht kommen können. Mich bei unserem Pfarrer anschwärzen! Undenkbar. Welchen Sinn sollte das Leben noch haben, wenn ich nicht mehr Messdiener werden konnte? Was würden meine Eltern sagen; die ganze katholische Verwandtschaft? Wussten doch alle um meine Ambitionen.

Die Klasse war mucksmäuschenstill. Alle Kinder schauten betroffen zu Boden, da war keine Schadenfreude. Einen Wutausbruch solcher Art bei der eher sanften Niggemeier hatten wir noch nie erlebt. Die Schmach der Ohrfeigen vor der ganzen Klasse, vor meinen Kumpels und vor allem vor den Mädchen – geschenkt. Doch die Drohung mit dem Pastor, das war was Ernstes. Da konnte was auf mich zukommen. Meine Eltern würden davon erfahren. Möglichweise gehörte mein Vergehen sogar in die Kategorie der Todsünden – ich wusste das nicht so genau. Ich war fix und fertig.

Nachmittags war mein Freund Bernd bei uns zuhause und wir spielten auf unserem Heuboden. Bernd wohnte im Rheinland und verbrachte immer ein paar Wochen im Sommer bei seiner Oma, die in unserer Nachbarschaft wohnte. Bernd war ein Einzelkind und wenn sein Vater, ein hoher Beamter, im Sommer für Wochen ins Ausland musste, dann reiste er mit seiner Frau und Bernd kam zur Oma und für ein paar Tage zu uns in die Schule.

Auf dem Heuboden hatten wir natürlich nur ein Thema und alles drehte sich um die Frage, ob Fräulein Niggemeier ihre Drohung wahrmachen und mich beim Pastor anschwärzen würde. Abends im Bett betete ich besonders intensiv und lange und schickte jede Menge Bitten gen Himmel, das Schlimme doch noch abzuwenden. Mit den Tagen legte sich dann aber die Aufregung und so langsam geriet die ganze Sache in Vergessenheit. Fräulein Niggemeier hatte ihre Drohung ganz offensichtlich nicht wahrgemacht. Ich nahm weiterhin unbescholten am Messdienerunterricht teil.

Kopfnote

Je länger ich zur Schule ging, umso mehr Spaß machten mir der Unterricht und das Lernen. Dabei fiel mir das Lernen keineswegs leicht. Schon früh zeigte sich, dass ich keiner war, dem die Dinge so zufliegen, sondern das Wissen wollte solide und gründlich erarbeitet werden. Das hat sich auch nie geändert. Ich war immer ein Kandidat für eine gediegene Drei, also befriedigend, aber das störte mich nicht und ist auch später so geblieben. Obschon ich mir immer große Mühe gab und auch gründlich vorbereitete, hatte ich großen Bammel vor jeder Klassenarbeit und betete bis zum Beginn der Prüfungen, lieber Gott hilf mir und dass ich bestehe. Von zu Hause hatte ich leider nicht das nötige Selbstvertrauen mitbekommen, sonst hätte ich das gelassener sehen können. Doch immer ging alles gut und eine Ehrenrunde, also ein schändliches Sitzenbleiben, drohte nie wirklich.

Ich bin ein Spätentwickler und so wurde ich mit jedem Schuljahr besser und von Jahr zu Jahr fiel es mir leichter zu verstehen, was die Lehrer uns beizubringen versuchten. Besonders gut fand ich den Unterricht, wenn diskutiert wurde, was in Deutsch und Geschichte des Öfteren vorkam. Mein Spaß an Diskussionen und meine Beteiligung brachten mir schließlich die erste und dann auch für immer einzige „Eins", also ein sehr gut ein. Im Fach „Beteiligung am Unterricht", in den sogenannten Kopfnoten. Darauf war ich stolz.

Im Fach Deutsch konnte ich mich manchmal durch besonders lebhafte Aufsätze profilieren, die ich dann ab und an auch vor der Klasse vorlesen durfte. Dafür sah es im Rechnen nicht so gut aus. Ich glaubte fest daran, dass Fleiß die Begabung der Mittelmäßigen und Dummen ist. Daran hielt ich mich und fuhr gut damit.

Ich war an vielen Dingen interessiert und mehr und mehr verfolgte ich das Tagesgeschehen in der Politik. Wenn ich mittags aus der Schule kam, stürzte ich mich, den Tornister noch auf dem Rücken, zuerst einmal auf die Zeitung und las sie durch. Wir hatten zwar nur das übliche Lokalblatt, das „Westfälische Volksblatt", stramm auf katholischem CDU-Kurs, aber mehr kannte ich nicht und die politischen und gesellschaftlichen Themen waren sowieso, zumindest in der Berichterstattung, in allen Zeitungen gleich oder ähnlich. Später hätte ich gerne auch das Konkurrenzblatt zum Volksblatt gelesen, die „Neue Westfälische". Doch die wäre Mutter nie und nimmer in den Briefkasten gekommen, denn das Blatt galt als links, SPD-nah und somit als nicht-katholisch, eben aus Bielefeld.

Große Jungs

Fräulein Niggemeier setzte sich beim Unterricht gern vorne in der ersten Reihe auf einen Tisch, uns zugewandt und die Füße auf einen Stuhl aufgestützt. Gewöhnlich trug sie Röcke, die zeitgemäß noch knielang getragen wurden.

Physikalisch und bewegungstechnisch korrekt rutschte der Rock dann beim Sitzen auf dem Tisch knapp über die Knie. Soweit so gut. Doch offensichtlich ganz unbewusst bewegte sich unsere Lehrerin immer etwas hin und her, was zur Folge hatte, dass sich ihre Knie ein wenig öffneten und zumindest den Jungs in der Sichtlinie – erkennbar an den dicht auf dem Tisch liegenden, auf die Hände gebetteten Köpfe der Knaben – den Blick auf Niggemeiers blitzendes weißes Höschen freigab. Wow! Wenn auch nur für Sekundenbruchteile, aber für fantasiebegabte Pubertierende ein Hingucker. Eigentlich hätte ihr das auffallen müssen, denn selbst die größten üblichen Unterrichtsstörer legten nun friedlich die Köpfe auf den Tisch und lauschten ihren Ausführungen.

Weibliche Anatomie und die dazu gehörende Unterwäsche kannten die meisten von uns nur aus den Neckermannkatalogen unserer Mütter. Während wir wie gebannt Niggemeiers

Ausführungen lauschten, konnte unsere Fantasie spazieren gehen. Von Sexualität hatten die meisten von uns keine Ahnung und allenfalls krude Vorstellungen. Wir waren harmlos.

Tatsächlich hatte es einige Monate vorher mal geheißen, die Mädchen kommen morgen erst zur dritten Stunde. Das war das Signal, dass man uns „aufklären" würde, wie das zu jener Zeit genannt wurde. Jungs und Mädchen streng getrennt. Wie denn sonst? Lehrer Hottenrott fiel die Aufgabe zu, uns zwei Stunden lang ins Bild zu setzen. Was wir danach nicht wussten, nur ahnten oder vermuteten, musste durch ältere Jungs, später zu sammelnde Erfahrungen und Fantasie ergänzt werden.

Hottenrott erledigte seinen Job souverän und wie immer gut. Danach wussten wir, wie die Kinder gemacht werden oder auch nicht und was so zwischen Mann und Frau alles passieren kann.

Am selben Abend war ich mit Mutter noch allein; alle anderen aus der Familie schon zu Bett gegangen. Das war eine gute Gelegenheit, ihr von dem Aufklärungs-Unterricht zu berichten. Ich sah Mutter an, wie froh sie war, dass das Thema nun erledigt war und die Schule „das" übernommen hatte.

Eine Sexualaufklärung seitens der Kirche erfolgte natürlich nicht. Fester Bestandteil der

Gewissenserforschung vor jeder Beichte war allerdings die Frage nach der unsittlichen Berührung des eigenen Körpers, also die Frage nach der Onanie, wie die Selbstbefriedigung zu jener Zeit noch genannt wurde. Dies galt nur für Jungs, denn für die Gewissenerforschung der Mädchen war das kein Thema. Es ist unter anderem ein nicht zu unterschätzender Verdienst der Folgen der 68-Aufklärung, dass dem katholischen Jungvolk das schlechte Gewissen über derartige Handlungen und der Glaube, dass Onanie und Geschlechtsverkehr vor der Ehe das Rückenmark schädige, genommen wurden.

Berufung

Im letzten Schuljahr fiel mir das Lernen leicht, es flog mir nur so zu und die Schule machte mal richtig Spaß. Ich war jetzt in der achten Klasse und langsam wurde es Zeit, an die Entlassung und die Zeit danach zu denken.

Unausgesprochen und klar war, dass ich eine Lehre machen würde. Zwar gab es unter uns Schülern der Abschlussklasse immer mal wieder Gespräche darüber, ob es nicht vernünftig sei, sofort in eine Fabrik zu gehen und als Arbeiter, man nannte das Hilfsarbeiter, richtig Geld zu verdienen, doch das waren eher theoretische Überlegungen. Klar war auch, dass ich eine Lehre in einem Handwerk machen würde. Weder ich noch meine Eltern wären auf die Idee gekommen, dass vielleicht auch eine Banklehre oder ein anderer kaufmännischer Beruf infrage kam. Wir waren eine Handwerkerfamilie und so lag es nah, dass auch ich, der älteste Sohn Handwerker wurde.

Schon früh hatte ich mich für Elektrotechnik oder genauer für Radiotechnik interessiert, ohne allerdings zu wissen, was das genau ist. Elektrotechnik, das waren für mich Stecker, Strom, Licht und Schalter. Und Radiotechnik hatte etwas mit Spulen, Funk und Lautsprechern zu tun.

Das war's. Aber alles rund ums Radio faszinierte mich!

Ein Unterrichtsfach im letzten Schuljahr hatte eine praktische Arbeit zum Inhalt, die jeder Schüler machen sollte. Ich entschied mich für den Bau eines Blumenhockers aus Holz mit drei Beinen und mit farbigen Mosaiksteinchen belegt. Darauf konnte man einen Blumentopf platzieren. Praktischerweise hatte ich dann auch gleich ein Weihnachtsgeschenk für meine Eltern.

Ich besorgte mir also alle Einzelteile, was nicht sehr schwerfiel, weil Vater als gelernter Tischler diese Sachen weitgehend vorrätig hatte. Die Mosaikplatte sollte einen goldfarbenen Umleimer bekommen. Der Umleimer und das Anbringen und vor allen Dingen das exakte Ausrichten der Mosaiksteinchen, die nicht auf einer Matte fixiert, sondern lose waren, erwiesen sich als Problem. Ich hatte in diesen Dingen wohl eher eine künstlerische Hand. Jedenfalls sah das im Ergebnis sehr, sehr selbstgemacht aus.

Die fertigen Stücke wurden dann natürlich im Klassenraum ausgestellt. Auch unser Hausmeister, der freundliche Herr Blumenberg, mit dessen Sohn ich befreundet war, besah und begutachtete die Ergebnisse. Vor meinem Blumenhocker blieb er stehen und schüttelte nur den Kopf: „Sag mal, du willst doch Radiomechaniker werden, da muss man doch sehr akkurat arbeiten. Das hier ist aber nichts, das sieht ja schlimm aus."

Ich stand bedröppelt daneben, schaute mit hochrotem Kopf zu Boden und erstmalig schwante mir, dass ich mich mit meiner Berufswahl auf etwas eingelassen hatte, von dem ich keinerlei Ahnung hatte. Dass Mathematik und Physik, meine zwei schlechtesten Fächer, in meinem zukünftigen Beruf eine herausragende Rolle spielen würden, das hatte ich weder geahnt noch hatte mir das jemand gesagt. Der Hausmeister hatte mich aufmerksam und nachdenklich gemacht. Aber da war es schon zu spät und eine entscheidende Weiche gestellt. Ich würde mich, wie so oft später, durchbeißen müssen, auch wenn es schwer würde. Uns so kam es dann auch.

Schweinefutter

Wenn man, wie wir, außerhalb der Stadt wohnte und keine Busanbindung hatte und auch kein Auto, dann blieb nur das Fahrrad – oder man ging zu Fuß. Wir hatten mehrere Fahrräder zur Verfügung. Mutter und Vater hatten natürlich ihr eigenes Rad und wir Kinder bekamen so nach und nach auch unsere Räder. Jeder benutzte das des anderen; das nahm man nicht so genau. Nur eines war klar, ein Herumspielen mit den Rädern der Eltern war nicht erlaubt, denn diese wurden ja für alle alltäglichen Wege gebraucht, die man nicht zu Fuß erledigte. Doch für alle Wege, für die man sich sonntäglich anzog, also Kleid und Anzug, war das Fahrrad tabu. Mutter und Vater wären also nie auf den Gedanken gekommen, sonntags mit dem Fahrrad zur Kirche zu fahren. Der sonntägliche Ausflug zu Mutters Eltern ins fünf Kilometer entfernte Nachbardorf, war da schon etwas anderes. Diese Besuche fanden mit dem Fahrrad statt. Um uns Kinder unterzubringen, waren unterhalb des Gepäckträgers zwei klappbare Klammern an der hinteren Rahmenstrebe befestig. Das waren die Fußrasten. Für kleinere Kinder gab es einen meist aus Rohr geflochten Sitz hinter dem Lenker. Das Kind saß in Fahrtrichtung und konnte die Füße ebenfalls auf Fußrasten an der Vordergabel abstellen. Zwei Kinder pro Fahrrad waren auf diese Weise problemlos zu transportieren. Als wir dann später zu fünf Geschwistern waren, hatten die Älteren unter uns schon eigene Fahrräder und außerdem fuhren wir da schon eher selten mit den Eltern aus.

Von Anfang an hatten wir Kinder einen Tretroller mit dicken Ballonreifen. Ich machte den Anfang, wohl mit vier oder fünf Jahren bekam ich zu Weihnachten den Roller und vererbte ihn sozusagen an alle nachfolgenden Geschwister.

Die Fahrräder in unserer Familie waren keineswegs neu und schick, aber immer stabile und verlässliche Gebrauchsgegenstände. Ohne Fahrrad wären die Eltern und später auch wir Kinder aufgeschmissen gewesen. Handhabung und Pflege der Vehikel lernten wir schnell und so nebenbei. Wenn ein Rad einen Platten hatte, dann waren wir auch in der Lage, das schnell und selbst zu beheben. Die Pflege bestand hauptsächlich darin, die Räder lauffähig zu halten und weniger in der Pflege der Schönheit und der wenigen Chromteile.

Wir lernten Fahrradfahren in einem Alter, als uns die Räder noch weit überragten. Und zwar auf spektakuläre Art und Weise. Bei einem Damenfahrrad, also einem Drahtesel ohne Querstange, dann war es einfach. Die Arme nach oben, den Lenker fest im Griff. Dann anschieben, auf die Pedale springen und los ging's. Gewöhnlich lief es nach einem Dutzend Abstürzen und mehrfach aufgeschürften Knien recht gut und alsbald war man in der Lage, zumindest in den Pedalen stehend, selbstständig zu fahren. Schwieriger war das schon mit sogenannten Herrenfahrrädern, also denen mit einer Querstange. Da wir als Kinder zu klein waren, um breitbeinig über der Stange zu stehen, musste man daher mit einem Bein durch das Dreieck zwischen Ober-, Vorder- und Sattelrohr steigen und dann ziemlich schräg und kippelig versuchen, die Karre zu bewegen. Da bekanntlich ja nur Übung den Meister macht und Ehrgeiz beflügelnd wirken kann, gelang die Sache dann irgendwann. Und die Erwachsenen staunten: „Mensch guck mal, seit wann kann der denn schon Fahrrad fahren?"

Weder in unserer Familie noch bei den Nachbarkindern wären Eltern auf die Idee gekommen, den Blagen neue Fahrräder zu kaufen. Allenfalls gab es mal ein Gebrauchtes und das auch nur, wenn mal zufällig eines rumlag und übrig war. Meistens waren solche Karren aber in einem erbärmlichen Zustand und erforderten unser ganzes Geschick, sie wieder fahrtüchtig zu machen.

Doch irgendwann ging es nicht mehr mit dem alten Zeug. Als Messdiener musste ich jeden Morgen zur Krankenhauskirche fahren und mit den Pfadfindern unternahmen wir an den Wochenenden immer mehr und größere Touren. Da abzusehen war, dass ich nach der Schule eine Lehre antreten würde, wurde beschlossen, mir ein neues Fahrrad zu kaufen.

Ich hatte sehr genaue Vorstellungen, wie das neue Gefährt beschaffen sein sollte. Und ähnlich wie heute, wenn Papa mit dem halbwüchsigen Sohn einen Computer kauft, hat meistens der Sohn das Sagen und die Nase vorn. Genauso war das bei uns auch. Mein Fahrrad sollte natürlich eine sportliche Form, mit einem sogenannten Vorbaulenker haben, Felgenbremsen vorne und hinten und als absolutes Muss, eine Zehn-Gang-Kettenschaltung, selbstverständlich ohne Rücktritt. Rücktritt und Drei-Gang-Torpedo-Nabenschaltung waren was für Mädchen und Rockträger, aber nichts für Pfadfinder. Ein stabiler Gepäckträger und entsprechende Schutzbleche bildeten das übliche Zubehör.

In unserer Stadt gab es zwei Fahrradhändler von Rang. Traditionell ging man zu Tripad. Es war zwar nicht so, dass man bei Tripad die Fahrräder auf Kundenwunsch konfektionierte, aber bei einigen Dingen, wie Lenker, Sattel, Beleuchtung und Gepäckträger konnte man was machen. Ich entschied mich für einen sportlichen Lenker, der zwar ein ungesundes, den Nacken belastendes Vorbeugen beim Fahren erforderte, aber schick aussah. Und das war ja mindestens das zweitwichtigste bei dieser Anschaffung.

Schließlich war die Ausstattung klar und nun ging es um den Preis. Was ich schon befürchtet hatte und wie die Pest hasste, weil es mir, aus welchen Gründen auch immer, peinlich war, spielte sich nun ab. Vater trat in die Preisverhandlung ein. Es machte ihm offensichtlich Spaß ein paar Mark rauszuschlagen. Der Geschäftsinhaber, von ähnlichem Schrot und Korn, machte mit und ich glaube, die beiden hatten ihren Spaß dabei. Ich stand mit rotem Kopf, nicht wissend, wohin ich schauen sollte, daneben. Das Feilschen um den Preis, das war für mich das Eingeständnis von Armut, sich etwas nicht leisten zu können. Das ging mir gegen die Ehre und ich schämte mich. Schließlich aber hatten sich die beiden geeinigt. Ich bekam noch eine Klingel meiner Wahl dazu und der Preis wurde irgendwie abgerundet. Alle waren zufrieden. Der Händler, Vater und ich mit dem neuen Rad.

Damit hatte ich mir aber auch eine neue Pflicht eingehandelt. Mit dem neuen Rad mit dem stabilen Gepäckträger wurde ich nun mindestens zweimal in der Woche zum Futterholen für unsere Schweine abgeordnet. Schweine fressen viel und wenn man Schweine hält, muss man sie auch satt kriegen, sonst wird das nichts mit Schinken, Würsten und den anderen Leckereinen. Irgendwann kam Vater auf die Idee, die Schweine weitgehend nur mit Essensabfällen zu füttern. Das sparte den Anbau von Futter und die zeitaufwändige Ernte und Zubereitung. Doch woher sollten die Essenreste kommen?

Am Rande der Stadt, etwa zwanzig Minuten mit dem Fahrrad von uns entfernt, lag eine kleine Kaserne, gewissermaßen die Außenstelle einer besonderen Bundeswehreinheit. Dort hatten sie eine eigene Kantine. Die weitaus näher gelegene Bundesbahnkantine kam für uns nicht in Frage, weil der Pächter bereits einen Vertrag mit einem Bauern hatte und außerdem die Mengen für uns viel zu groß waren. Das hätten wir niemals abnehmen können. Ganz anders bei den Soldaten. Dort kamen an normalen Tagen höchstens ein Eimer, als so etwa zehn Liter Reste zusammen. Vater hatte bei dem Kantinenpächter nachgefragt und der war froh, die Abfälle loszuwerden. Und so kam ich ins Spiel, denn einer musste die Eimer ja abholen. Oftmals machte das Vater selbst. Aber wenn er im Dienst oder sonst wie verhindert war, dann musste ich ran. Für mein neues Fahrrad mit dem stabilen Gepäckträger hatte Vater einen Kasten aus Holz gebaut, in den der Eimer genau passte, sodass, auch wenn mal etwas überschwappte, nichts verlorenging. Ich fuhr also mit einem leeren Eimer zur Kaserne, tauschte ihn gegen einen vollen und fuhr wieder zurück. Problematisch, doch nicht unlösbar wurde es, wenn mal zwei oder gar drei Eimer zur Abholung bereitstanden. Das war offensichtlich immer dann der Fall, wenn die

Geschmäcker von Koch und Mannschaft auseinanderlagen.

In solchen Fällen blieb mir nichts anderes übrig, als die überzähligen Eimer an die Lenkstange zu hängen und vorsichtig zurückzufahren. Ich hasste diese Arbeit. Dabei war der Transport an sich überhaupt kein Problem. Fahrrad und Gepäck beherrschte ich souverän – keine Frage. Aber es störte mich maßlos, wenn ich unterwegs von Schulkameraden gesehen wurde und sie natürlich neugierig wissen wollten, was ich denn so zu transportieren hatte. Bei keiner anderen Arbeit beeilte ich mich so, sie hinter mich zu bringen, wie bei dieser.

Experimente

Alles, was mit Radio, Senden und Empfangen zu tun hatte, faszinierte mich schon recht früh. Vielleicht war es auch die Faszination der elektrischen Übertragung vom Mikrofon über Drähte zum Sender, über Funkwellen zum Empfänger und schließlich zum Hörer. Als Kinder spielten wir hier und da mit leeren Konservendosen, die mit Draht verbunden waren und über die man sprechen konnte. Dazu musste der Draht straff gespannt sein und zumindest theoretisch funktionierte es dann auch, wenn man nur laut genug in die Dose hineinschrie. Aber dann fiel es uns natürlich schwer zu überprüfen, ob die Stimme tatsächlich über den Draht übertragen wurde. Wie auch immer, es machte uns Spaß.

Zu meinen elektronischen Schätzen in jener Zeit gehörte auch ein alter Lautsprecher; ein Mikrofon besaß ich natürlich nicht. Kein Problem, denn Lautsprecher und Mikrofone arbeiten nach demselben Prinzip. Spricht man in den Lautsprecher, wird wie bei einem Mikrofon durch die Tauchspule ein elektrischer Impuls erzeugt und so lässt sich ein Lautsprecher auch als Mikrofon nutzen. Dieses Wissen brachte mich eines Sonntags auf eine Idee, die das Potenzial mit sich brachte, den Familienfrieden nachhaltig zu gefährden.

Zu jener Zeit war es üblich, dass Oma sonntags nachmittags Besuch von den umliegend wohnenden Töchtern mitsamt deren Männern bekam. Nach dem Mittagessen und dem obligatorischen Mittagsschlaf machte man sich zum Kaffee auf zu Oma. Ein durchaus willkommener Verdauungsspaziergang für die Tanten und Onkel. Meine Mutter, als Omas einzige Schwiegertochter, hatte gewöhnlich den Kuchen beizusteuern. So traf man sich in gemütlicher Runde, trank Kaffee, rauchte eine Zigarre und meistens gab's anschließend auch noch einen Schnaps; bevorzugt Korn und Doppelwacholder, je nach dem Stand der politischen Wetterlage. Denn die wurde ausgiebig zwischen den Männern diskutiert. Sehr aktiv in den Diskussionen zeigte sich Onkel Josef, ein extrovertierter, etwas großspuriger Mann und mit Tante Berna verheiratet. Von Erscheinungsbild, Statur und Stimme wäre er ohne weiteres als erfolgreicher Unternehmer durchgegangen. Tatsächlich war Onkel Josef, von Beruf Elektriker, als Hilfskraft bei der Rheinarmee angestellt und lebte mit Tante Berna in einer bescheidenen Wohnung in der nachbarlichen Kleinstadt Neuhaus, nicht weit von unserem Haus entfernt.

In seiner Freizeit aber war Onkel Josef ein ganz Großer! Er widmete sich nämlich voll und ganz und ausschließlich dem heimatlichen Schützenverein. Dort war er als Oberstleutnant der zweite Mann im Vorstand. Bei den Umzügen ritt der Vorstand gewöhnlich vorweg und Onkel Josef machte auf seinem geliehenen Gaul, jovial nach allen Seiten winkend, eine wahrhaft fürstliche Figur.

Auch und gerade Kleinstadtvereine haben ihre Hierarchien und gewöhnlich kommt man nur in diese Rolle, wenn man das nötige Kleingeld hat, um auch mal eine ganze Kompanie einen Abend freihalten zu können. Das war bei Onkel Josef natürlich nicht der Fall. Doch hatte er, wohl durch sein ungewöhnlich hohes Engagement, genügend Freunde und damit Sponsoren in der heimischen Unternehmerschaft, die die Kosten übernahmen und heilfroh waren, dass ihnen einer die Vereinsarbeit abnahm. Dafür durfte er dann mitspielen.

Onkel Willi und Tante Änne waren meistens auch dabei. Onkel Willi, ein ehemaliger Steiger auf einer Zeche in Datteln, nahe dem Ruhrgebiet, war jetzt im vorgezogenen und Staublunge bedingtem Ruhestand vom rauchigen Ruhrgebiet in unsere Stadt gezogen. Manchmal fuhr ich mit dem Fahrrad zu ihnen, um sie zu besuchen. Sie hatten eine schöne Mietwohnung am anderen Ende der Stadt. Tante Änne war eine leise und wie mir schien sehr zarte Frau, während Onkel Willy von großer Statur war. Sie waren ganz und gar freundliche Leute, die irgendwie einen vornehmen Eindruck auf mich machten. Ich mochte sie sehr gern und war gerne bei ihnen.

Ganz fest zum sonntäglichen Besucherkreis gehörten Onkel Franz und Tante Minchen. Sie wohnten direkt neben uns, das heißt, sie hatten ihr Haus direkt neben unserem Feld. Für sie waren es nur ein paar Schritte zur Oma. Franz schaute auch öfter in der Woche bei Oma rein und erzählte dann die neuesten Geschichten. Er war nämlich schon in Pension und hatte jede Menge Zeit. So hatte er sich angewöhnt, neu eröffnete Kneipen am Eröffnungstag zu besuchen, denn an solchen Tagen pflegten die Gastwirte ihre Kunden mit halben Preisen zu locken. Onkel Franz fuhr, nach morgendlicher Lektüre der Tageszeitung und mit frischen Informationen über zu erwartende Eröffnungen, mit seinem Fahrrad durch die Stadt, nahm mit den freundlichen Wirten ein paar preisgünstige Biere und konnte so Oma später das Neueste berichten.

Omas andere Töchter wohnten entweder weiter entfernt oder in einer anderen Stadt und kamen eher selten zum Sonntagskaffee. Selbstverständlich nahm auch Tante Katharina teil, denn sie wohnte ja bei uns.

Ich war damals so elf oder zwölf Jahre alt und zuweilen war es hochinteressant, an den Sonntagen mit all den Erwachsenen zusammen zu sein und ihren Geschichten zu lauschen. Oma, hochbetragt und in ihrem neunten Lebensjahrzent, stand deutlich im Mittelpunkt und genoss die Nachmittage still, sichtbar nur an ihrem strahlenden Gesicht. Für die Onkel und Tanten war meine Anwesenheit offensichtlich erfreulich, denn mit mir hatten sie Gesprächsstoff und für mich waren die Sonntagnachmittage eine Win-Win-Situation.

Oftmals wurde ich von meinen Onkeln in die Gespräche einbezogen, zumal bekannt war, dass ich mich für alles Elektrische interessierte und wohl bald, nach Ende der Volksschule, eine Lehre antreten würde. Sie hatten allesamt schon erwachsene Kinder. Mein jüngster Vetter war fast zehn Jahre älter als ich und meine älteste Cousine so alt wie meine Mutter. Für die Onkel und Tanten war ich die junge Generation und tatsächlich der erste unter den zahlreichen Vettern und Cousinen, der erst nach dem Krieg zur Welt gekommen war. Außerdem war ich Messdiener in unserer Gemeinde und bei den Pfadfindern – ich hatte also etwas zu erzählen. Hinzu kam, dass ich so ganz und gar nicht auf den Mund gefallen war und hier und da auch wohl etwas vorlaut. Doch das nahm man wohl der Unterhaltung wegen ohne Tadel hin. Wenn ich kritisiert wurde, dann durch meine Mutter, aber die gehörte, ebenso wie Vater nie zu der sonntäglichen Runde.

Mutter, als Omas Schiegertochter, sah meine Ausflüge in den Kreis der Tanten und Onkel etwas distanzierter. Sie hatte es, als einzige Schwiegertochter aus einem Dorf in der Nähe stammend, ganz und gar nicht einfach gehabt, sich in der Familie unter der sehr starken Dominanz meiner Oma zu behaupten. Oma war eine starke Frau, die über ihre Familie herrschte und dazu auch noch Geschäftssinn hatte. Früher war sie jede Woche mit einem Bollerwagen auf den städtischen Markt gefahren, um selbstgezogenes Gemüse zu verkaufen. So konnte sie die Haushaltskasse aufbessern; was bei acht Kindern und dem Lohn von Opa, der Arbeiter bei der Reichsbahn gewesen war, auch äußerst notwendig war. Aber das war lange vor meiner Zeit gewesen.

Doch Mutter war ebenfalls eine starke Frau. Da waren zwei Alphatiere am Werk; ganz im Gegensatz zu ihren Männern, meinem Vater und seinem Vater, die ganz bestimmt keine Alphatiere waren, eher leise und introvertiert. Ich habe Vaters Vater nie kennengelernt, er starb ein halbes Jahr vor meiner Geburt. Schade, wir hätten uns wohl gut verstanden.

Jedenfalls behauptete Mutter sich. An jenem denkwürdigen Sonntag also plante ich ein technisches Experiment. Omas Zimmer lag über unserem Wohnzimmer. Ich platzierte einen Lautsprecher hinter der Gardine in Omas Zimmer und führte eine dünne Klingeldrahtleitung über die Fensterspalte nach unten zu unserem Wohnzimmer. Dort stand unser Radio. Ein ganz gewöhnliches Gerät, das wie alle Modelle dieser Zeit auch einen einfachen, zweipoligen

Anschluss für einen Plattenspieler hatte. Ich wollte den Lautsprecher bei Oma als Mikrofon nutzen und an das Radio anschließen. So hätte ich hören können, was oben gesprochen wurde, um dann zur Überraschung der Besucher das solchermaßen Erlauschte zu präsentieren. Sie sollten stolz auf meine Experimentierkunst sein! Der Beifall für meine technische Leistung schien mir gewiss. So der Plan.

Meine gelegentlichen experimentellen Basteleien blieben im Allgemeinen weitgehend von meinen Eltern, Schwestern und Brüdern unbemerkt und meistens konnte ich 'rumschrauben, so viel ich wollte, ohne dass ich behelligt wurde. Vater und Mutter gestanden mir diesbezüglich Freiheiten zu, die ich meinen eigenen Kindern niemals gewährt hätte. Vielleicht lag das aber auch am geringen Wert der Geräte und Sachen, mit denen ich bastelte und herumprobierte. Außerdem hatte ich ja noch vier jüngere Geschwister, da waren Vater und Mutter wahrscheinlich sehr froh um jeden, um den sie sich nicht besonders kümmern mussten.

Nicht so an diesem Sonntag. Mutter war wohl aufgefallen, dass ich nachmittags am Radio rumschraubte und wollte natürlich wissen, was ich da so machte. Ich berichtete voller Stolz von meinem Plan. Mutter viel fast in Ohnmacht und beendete das Experiment sofort und auf der Stelle. So unauffällig wie möglich sollte ich den zum Mikrofon umfunktionierten Laufsprecher wieder abbauen und aus Omas Zimmer schaffen, was nicht so einfach war, da die ersten Gäste schon eingetroffen waren und mich gleich ins Gespräch zogen. Aber es gelang. Es kam weiß Gott nicht oft vor, dass die Eltern uns erklärten, warum sie ein Verbot aussprachen. Diesmal aber nahm mich Mutter, sobald Oma und die Verwandtschaft mit Kaffee und Kuchen versorgt waren, beiseite und erklärte mir so einiges.

Die Sonntagsrunden bei Oma waren natürlich, wie hätte es auch anders sein sollen, große Tratschrunden, bei denen alle und alles durch den Kakao gezogen wurde; Adenauer, die Politik, die Heidenkinder – also die Evangelischen – die Nachbarn und natürlich – wie sollte es auch anders sein – die eigene Familie. Natürlich nur dann, wenn niemand der Betroffenen dabei war. Das meiste war sicher harmlos und einfach nur Tratsch, doch mitunter kamen dann auch andere Themen auf den Tisch. Eines der beliebten war das Erbenthema. Und da mein Vater, abzüglich der Mitgift seiner sieben Schwestern, alles geerbt hatte, standen er und Mutter, sowie ihre sämtlichen Vorhaben immer mal wieder im Interesse der Verwandtschaft. Meistens merkten meine Eltern das daran, dass Oma in der darauffolgenden Woche Bemerkungen in diese Richtung fallen ließ.

Es wäre nicht auszudenken und viel mehr als peinlich gewesen, wenn ich mein Experiment, so harmlos es auch angelegt war, hätte durchführen können. So freundlich sie zu mir auch immer waren, niemand hätte wirklich geglaubt, dass es sich nicht um einen vorsätzlich verübten „Lauschangriff", sondern nur um die Spielerei eines Kindes handelte.

Der Kittel

J etzt war es bald soweit, bald würde ich meine Lehre, wie man es nannte, beginnen. Wie ich es mir gewünscht hatte, als Radio- und Fernsehmechaniker. Es hieß deshalb Mechaniker, weil die Bezeichnung „Techniker" wohl eher der Sache und dem Inhalt des Berufs entsprochen hätte, aber in diesen Jahren noch eine Rangbezeichnung, ähnlich dem Meister oder Ingenieur war. Aus Gründen, die ich nicht erforschen konnte und mir bis heute unbekannt sind, hatte ich schon von Anfang an eine Abneigung gegen diese Berufsbezeichnung. Ein bloßer Mechaniker wollte ich nicht sein. Streben nach Höherem? Mag sein. Jedenfalls begann ich schon recht früh, meinen Beruf in „Techniker" umzubenennen.

Nachdem sich im Laufe der Zeit mein Berufswunsch konkretisiert hatte oder sagen wir mal, ich mir klar geworden war, dass die damals unter den Jungs beliebten Berufe wie Autoschlosser, Werkzeugmacher oder – weniger attraktiv – Maler und Bäcker auf keinen Fall infrage kamen, konzentrierte ich mich auf den Radio- und Fernsehmechaniker. Wurde ich gefragt, was ich denn mal werden wollte, erfolgte immer eine gewisse Hochachtung bei den meisten Erwachsenen. Radio- und Fernsehmechaniker – das war doch was. Und vor allem war es zukunftsträchtig. Mein Onkel August, der in einer großen Kaufhauskette Abteilungsleiter war, erzählte denn auch bald, dass ausgelernte Radio- und Fernsehmechaniker in seinem Hause schon bald an die tausend Mark im Monat verdienten. Das war eine gewaltige Summe, wenn man bedenkt, dass ein Elektrikergeselle im ersten Gesellenjahr wohl etwa nur fünfhundert Mark in jener Zeit verdiente.

Wie auch immer, die Aussichten waren gut. Tatsächlich hatten solche finanziellen Überlegungen meinen Berufswunsch nie beeinflusst, denn dafür war ich einfach noch viel zu unreif! Aber die Reaktionen auf meinen Berufswunsch, die registrierte ich schon. Es war ein sehr angenehmes Gefühl.

Da traf es sich gut, dass das führende Elektro und Radiogeschäft in unserer Stadt den Brüdern Koza gehörte. Sie waren entfernt mit uns verwandt, konkret waren Vater und die Brüder Heinz und Franz Koza Vettern um zwei Ecken. Franz war von Beruf Elektromeister und verantwortete den handwerklichen Teil des Geschäfts, während Heinz als Kaufmann das durchaus repräsentative und elegante Radio- und Elektrogeschäft in der Haupteinkaufsstraße unserer Stadt, der Westernstraße, führte.

Vater hatte also bei Heinz Koza vorgesprochen und nach einer Lehrstelle für mich gefragt. Elektriker hatte man in den vergangenen Jahren dutzendweise ausgebildet. Der Beruf des Radio- und Fernsehtechnikers aber war relativ neu und ich war der erste Anwärter auf eine Ausbildung in diesem Metier. Es fand weder ein Gespräch über meine Eignung noch über meine Motivation satt, sondern man bot mir ohne viel Federlesens eine Lehrstelle an.

Da wusste ich noch nicht wirklich, was mich in dem Beruf erwartete und welche Anforderungen gestellt wurden. Dass ich dann später in der Berufsschule einer von drei Volksschülern unter Lehrlingen mit Abitur und Realschule sein sollte, ahnte ich zu diesem Zeitpunkt Gott sei Dank noch nicht. Ansonsten wäre ein Rückzieher wohl nicht ausgeschlossen gewesen.

Dabei waren mir der Laden von Onkel Heinz und die dort arbeitenden Menschen nicht mehr so ganz unbekannt. Seit nämlich feststand, dass ich dort die Lehre antreten würde, hatte mich Onkel Heinz, so redete ich ihn an, eingeladen, an einigen Samstagen, wenn wir keine Schule hatten, im Laden auszuhelfen. Das Geschäft war für seine umfangreiche und gutsortierte Schallplattenabteilung weit über die Grenzen der Stadt hinaus bekannt. Leider wurde dort hin und wieder auch geklaut und ich sollte unauffällig herumstehen und beobachten, ob jemand unerlaubter Weise etwas mitgehen ließ. Gleich am ersten Tag nahm mich Tante Margot, die Frau von Heinz, beiseite und erklärte mir einige Regeln.

So bat sie mich, sie im Geschäft nicht mit Tante Margot, sondern mit Frau Koza anzusprechen, gleiches gelte auch für Onkel Heinz. Das war so in Ordnung und erleichterte natürlich unser Arbeitsverhältnis. Ich ging also einige Samstage in den Laden und beobachtete das rege Treiben, lernte so schon mal die Kolleginnen und Kollegen kennen und fand mich auf diese Weise in mein neues Leben ein.

Doch eines fehlte noch, ein überaus wichtiges Accessoire, nämlich ein Arbeitsanzug. Man hatte mir gesagt, ich solle einen grauen Kittel tragen. Alles andere, Werkzeuge und Arbeitsmittel würden mir von der Firma, meinen Lehrherren, gestellt. Mutter und ich fuhren also mit dem Fahrrad in die Stadt, um einen Arbeitskittel zu kaufen. Das war zunächst mal nicht so einfach, weil ich mit dreizehn Jahren noch recht klein war und weil im Allgemeinen Kittel nicht von Lehrjungen, sondern von erwachsenen Meistern getragen wurden. Ein Kittel galt in der Regel als der äußere Beweis einer erreichten Position. Beim damals hochinnovativen und damit noch exotischen Radiohandwerk aber war manches anders; Kittel von Anfang an. Schließlich aber fanden wir ein passendes Teil und mit ein paar Abnähern hatte ich den passenden Kittel; vorne geknöpft, mit einem Schalkragen, einer Brusttasche und zwei Seitentaschen. Ich sah recht schick und professionell darin aus.

Zuhause wollte ich meine Neuerwerbung gleich Oma präsentieren. Onkel Franz war auch da. Er war gelernter Schreiner und hatte später als Vorarbeiter in einer Möbelfabrik gearbeitet. Onkel Franz hatte ein sehr klares Bild von der Rangfolge von Lehrlingen, Gesellen, Meistern und Chefs. Lehrlinge hatten sogenannte Blaumänner, also praktische Latzhosen zu tragen und die Meister – und nur diese – trugen Kittel und der Chef Krawatte! Entsprechend unwirsch reagierte Onkel Franz, als ich meinen Kittel vorführte und wollte mir zunächst nicht glauben, dass mein zukünftiger Meister mir aufgetragen hatte, eben dieses Teil anzuschaffen. Blaumann gegen Kittel, für Onkel Franz war das ein klarer Fall von Paradigmenwechsel. Er grummelte gehörig und fand sich wohl nur schwer mit diesen neuen Zeiten ab.

Die Schule würde Ende März beendet sein und ich würde dann zum ersten April meine Lehrstelle antreten und einen neuen Lebensabschnitt beginnen können.

Messdiener

F ür mich war die Erstkommunion auch mein Einstieg in die Amtskirche. Erst mit der Erstkommunion wurde ich zum vollwertigen Mitglied der Glaubensgemeinschaft der Katholiken. Mir standen nun alle Möglichkeiten der Glaubensentfaltung offen. Fast selbstverständlich und zeitlich naheliegend war, dass ich Messdiener wurde. Außerdem gab es in unserer Pfarrei eine Pfadfindergruppe der katholischen Pfadfinderschaft St. Georg. Denen wollte ich mich unbedingt anschließen. Meine Eltern drängten mich nicht, weder hinderten sie mich, sondern beobachteten wohl eher skeptisch meine vielfältigen Aktivitäten. Ich war schon immer ein agiles Kind gewesen, mit vielen Interessen und immer vorne dabei. Dabei kam es durchaus vor, dass ich über das Ziel hinausschoss. So kam ich in den Ruf, etwas vorlaut zu sein.

Messdiener ist eine ernste und wichtige Aufgabe und – wie sollte es auch anders sein – war ausschließlich uns Jungen vorbehalten. Mädchen hatten da nichts verloren. Das änderte sich erst später, als die Jungs nicht mehr so zahlreich zur Verfügung standen. So öffnete die Personalnot die Pforten – und nicht etwa die bessere Einsicht der Kirchenoberen.

Als Messdiener war man eine Art Assistent des Priesters, dem man bei Gottesdienst, Andachten, Beerdigungen und jede Art von kirchlichen Veranstaltungen zur Hand ging. Doch in der Hauptsache wurden wir Messdiener bei den Messen, wie der Name schon sagt, gebraucht und eingeteilt. Das war die Aufgabe des Küsters. Es gab einfache Messen, sogenannte stille Messen, ohne jedes Tamtam, Orgel und Predigt. Die ranghöchste Messe ist das sogenannte Hochamt. Das findet gewöhnlich jeden Sonntag zu einer festen Zeit, meistens um zehn Uhr statt. Die Zeiten für die sonntäglichen Messen waren so gewählt, dass auch die Frühaufsteher eine Messe besuchen konnten, weshalb diese schon um sieben Uhr stattfand. Zu der Zeit war der sonntägliche Besuch der heiligen Messe Pflicht für jeden Katholiken. Nur Krankheit oder ungünstige Umstände, dazu gehörten zum Beispiel Aufenthalte in Gegenden, in denen keine Messen angeboten wurden, die sogenannte Diaspora, befreiten von dieser Pflicht. Zuwiderhandlungen wurden als lässliche Sünden betrachtet, welche zu beichten waren und mit einer Ablassstrafe belegt wurden. Doch eine Gefahr, hier „straffällig" zu werden, bestand in unserer Familie erst gar nicht, denn Mutter achtete eisern darauf, dass keine Messe versäumt wurde.

Zu jeder Messe mussten wir Messdiener antreten. Bei einfachen Gottesdiensten genügte oft nur ein Messdiener, bei Hochämtern aber waren wir mindestens zu zweit.

Zur Liturgie, also dem Ablauf der Messe, gehören feste Rituale und zu jedem gab und gibt es ein entsprechendes Gebet. Diese wurden zu jener Zeit, wie auch die gesamte Messe, in lateinischer Sprache gelesen. Abgesehen von den wenigen Akademikern mit altsprachlichem Abitur und dem großen Latinum, war wohl der einzige, der verstand, was da gebetet wurde, der Priester am Altar. Wir Messdiener, zumindest war das in unserer Gemeinde so, kamen allesamt aus den beiden zum Pfarreibezirk gehörenden Volksschulen. Latein lernte man nur am Gymnasium, dem Altsprachlichen, wie das damals hieß, und nicht an Volksschulen. Da wurde kein Latein gelehrt, nicht mal englisch. Wir lernten also die lateinischen Gebetstexte auswendig und sprachen sie an der entsprechenden Stelle laut mit. Das bekannteste, in meiner Erinnerung verbliebende Gebet war das Confiteor „... Deo omnipotente ..." mit den berühmten Bekenntnissen „... mea culpa, mea culpa, mea maxima culpa."

Der Wunsch, die Gebete zu verstehen, kam bei mir nicht auf. Vielleicht lag das auch daran, dass damals eben die ganze Messe in lateinischer Sprache gehalten wurde. Dabei agierte der Priester am Altar mit dem Rücken zu den Messbesuchern. Das nicht nachvollziehbare Latein und die der Gemeinde zugewandte Kehrseite des Priesters dienten sicherlich nicht dem gemeinsamen Miteinander. Später, sehr spät, hat das die offizielle Kirche auch begriffen und seitdem finden die Gottesdienste in den Landessprachen statt und der Priester agiert mit dem Gesicht zur Gemeinde. Aber das kam, wie gesagt, erst später und da war ich dann schon lange nicht mehr dabei – weder als Messdiener noch als Kirchenmitglied.

Mindestens viermal pro Woche waren wir Messdiener im Dienst. Sonntags sowieso und dann natürlich zu den Schulgottesdiensten und den speziellen Messen an den Kirchenfesten. Es dauerte nicht lange und die ganze Sache bekam eine gewisse Routine. Was zunächst noch aufwändig und kompliziert, mit all den Gebeten und Ritualen am Altar schien, war doch schnell erlernt. Und mit der Routine kam auch die Langeweile. Der Besuch der heiligen Messe war ja immer ein Pflichtbesuch. Da gab es nichts Neues und auch nichts Aufregendes. Manche Sonntage waren einzelnen Gruppen gewidmet. Es gab Sonntage und Messen, in denen die Jugend oder Frauen oder andere Gruppen im Vordergrund standen. Aber selbst an solchen Tagen, an denen die Predigten ein besonderes Thema hätten sein können und nicht, wie meistens der theologischen Deutung des Evangeliums dienten, nach dem Motto, was hat Gott sich wohl bei diesem und jenem gedacht, herrschte meistens von der

Kanzel herab pure Tristesse. Nicht wenige Besucher schliefen darüber ein. Wir Messdiener konnten das natürlich nicht, weil wir prominent für alle Kirchenbesucher am Altar saßen und es wäre sofort aufgefallen, wenn einem von uns die Augen zugefallen wären.

So waren wir Jungs mit der Zeit nur noch daran interessiert, die Sache möglichst schnell hinter uns zu bringen. Doch gerade sonntags zum Hochamt, das bei uns Messdienern nicht sehr beliebt war, wurden wir hart geprüft. Das Hochamt nämlich war die Domäne unseres schon etwas älteren Pfarrers. Als Chef der Gemeinde oblag es natürlich ihm, die wichtigsten Messen selbst zu lesen und das ließ er sich, inklusive Predigt, auch nicht nehmen. Unser Pfarrer gehörte zu den Priestern, die eher introvertiert auftraten und entsprechend schwer tat er sich denn auch mit seinen Predigten. Es war schlichtweg eine Qual. Monoton, nicht gut zu verstehen und langatmig waren seine Vorträge. Eine gute Gelegenheit für viele Gläubige, Schlaf nachzuholen. Unser Pfarrer war ein Meister darin, in langen Schachtelsätzen zu sprechen. Doch da musste man durch und schließlich und endlich war auch das überstanden.

Ich versuchte mich vor solchen Messen zu drücken, doch da war unser Küster vor. Als Chef der Messdiener hatte er für eine möglichst gerechte Dienstverteilung zu sorgen. Manche wollten gerne in einer Frühmesse um sechs oder sieben Uhr dienen, andere lieber später. Aber wir alle wollten, wenn auch unausgesprochen, in Messen eingeteilt werden, die möglichst kurz waren. Doch das Credo unseres Küsters war, dass jeder von uns möglichst oft auch eine ordentliche Predigt zu hören bekommen sollte. Und so kam dann jeder mal im Hochamt dran.

Da erschien dann aus dem täglichen liturgischen Einerlei unverhofft ein Silberstreifen am Horizont. Denn das nahe gelegene katholische Krankenhaus fragte an, ob die Gemeinde nicht einen Messdiener abordnen könne, der bei der dort täglich stattfindenden Messe dienen sollte.

Es war nämlich so, dass sich in dem Krankenhaus eine Kapelle befand, in der täglich früh um halb sieben eine stille Messe gelesen wurde. Ich war damals schon seit zwei Jahren Messdiener und da eine Messdiener-Karriere in den meisten Fällen gewöhnlich mit etwa vierzehn Jahren, also dem Eintritt in die Lehrzeit endet, gehörte ich quasi schon zum alten, mindestens aber erfahrene Eisen. Das Ganze war natürlich freiwillig und die Bewerber waren eher dünn gesät, um nicht zu sagen, dass ich der Einzige war. Das lag eindeutig daran, dass wohl niemand aus unserer Riege so früh antreten mochte. Ich dagegen war das gewohnt. Denn durch die Tiere und Großfamilie bedingt, war bei uns meistens um sechs die Nacht zu Ende. Bei mir musste sich also nicht viel ändern. Zumal dieser Dienst noch einen großen Vorteil mit sich brachte. Zum einen gab es jeden Tag nach der Messe, die selten länger als dreißig Minuten dauerte, ein umfangreiches Frühstück im Krankenhaus. Und ebenso unschätzbar war, dass ich damit der ständigen Aufsicht durch Küster und Pfarrei entzogen war. Schon damals zeigte sich, dass ich öfter mal was Neues brauchte, um zufrieden zu sein. Ich nahm also den Job an.

Das Krankenhaus gehörte zwar zu unserem Gemeindebezirk, aber die Messen wurden von Priestern aus den zahlreichen Klöstern in unserer Stadt zelebriert. Die meisten Besucher der frühmorgendlichen Messen waren Nonnen und Schwestern des Krankenhauses und ab und zu auch Patienten. Schon seit geraumer Zeit war mir eine junge Nonne aufgefallen, die regelmäßig in die Messe kam und in der ersten Bank kniete. Die meisten Besucher waren ältere Menschen, Frauen, so im Alter zwischen meiner Mutter und Oma. Diese aber war jung und auffallend hübsch. So hatte ich was zu gucken, während die Liturgie routiniert und ohne besondere Höhepunkte ablief. Eines Tages jedoch war es anders. Wie gewöhnlich saß die schöne Nonne wieder in der ersten Reihe, aber es strömten ihr unablässig die Tränen übers Gesicht. Ich konnte mich kaum auf die Liturgie konzentrieren, sondern musste dauernd zu ihr hinschauen. Was mochte da passiert sein? Hatte sie Probleme mit dem Krankenhaus oder mit ihrem Orden? Oder war da gar ein Mann im Spiel? Natürlich erfuhr ich den Grund nie. Schon wenige Tage später blieb sie weg und ich sah sie niemals wieder.

Auch wenn ich nicht mehr in den Messen unserer Pfarrkirche diente, so nahm ich doch an den freitäglichen Besprechungen teil, bei denen nicht nur die Einteilungen der Dienste, sondern auch andere Dinge, die Kirche betreffend, besprochen wurden.

Im Dienste des Herrn

An einem Freitag im Frühjahr, etwa sechs Monate, bevor ein großer Katholikentag in Berlin stattfinden sollte, fragte uns der Küster, ob wir im Sommer diesen Katholikentag unterstützen würden. Die Veranstaltung koste viel Geld, das von der Kirche aufzubringen sei und deshalb sollten Anstecknadeln an die Gläubigen verkauft werden. Wenn jeder Messdiener zehn Stück davon verkaufen würde, dann wäre das schon mal eine große Hilfe. Natürlich wollten wir helfen, den Katholikentag zu finanzieren. Wir hatten ungefähr drei Wochen Zeit, die Nadeln an den Mann oder die Frau zu bringen; das Stück sollte zwei Mark kosten. Sicherlich kein geringer Preis, aber es war ja für den guten Zweck. Ich empfing mein Kontingent und zog gleich am nächsten Tag los. Ich hatte mir überlegt, erstmal alle Bekannten und Nachbarn anzusprechen. Das konnte ja wohl nicht so schwer sein. In der Tat, nach bereits einer Woche war ich sämtliche Nadeln los. Ich hatte sie sonntags erstmal der zu Besuch kommenden Verwandtschaft angeboten und nachdem Onkel Franz gekauft hatte, war der Damm gebrochen und die anderen Onkel erwarben die Nadeln auch. Alsbald war die erste Charge verkauft und ich wollte mehr. Ich war nun mutig geworden und nun kamen die Nachbarn dran. Motivierend wirkte natürlich auch, dass demjenigen, der mindestens zwanzig Nadeln verkaufte, eine Prämie in Form eines großen Bildbandes „Traumstraßen der Welt" winkte. Die wollte ich haben. Hier zeigte sich möglicherweise schon die Wirkung des einen oder anderen von der Oma geerbten Gens, die ja auch geschäftstüchtig die Erzeugnisse des eigenen Gartens zuweilen auf dem Wochenmarkt angeboten und erfolgreich verkauft hatte.

Nach einer weiteren Woche hatte ich achtzehn Nadeln verkauft und es blieben von meinen potenziellen Kunden nur noch zwei, Fräulein Knaup, eine Nachbarin und Herr Mertens, ebenfalls ein Nachbar. Sie hatten mich beim ersten Besuch wieder weggeschickt. Sie wollten es sich nochmal überlegen. Die Nadel kostete zwei Mark. Wenn man bedenkt, dass in diesen Zeiten mit zwei Mark durchaus ein Kirmesbesuch machbar war, dann war das eine Menge Geld für eine gute Tat. Doch – was ein rechter Verkäufer ist, der geht zur Vordertür wieder rein, wenn er durch die Hintertür entlassen wurde. So machte ich es auch. Schließlich gab Herr Mertens bei meiner wiederholten Akquisition nach und kaufte. Nun blieb nur noch Fräulein Knaup. Sie war schon im Rentenalter, alleinstehend und wohnte am Ende unserer Straße in einem kleinen Häuschen, das sie von ihren Eltern geerbt hatte. Fräulein Knaup war recht resolut und trug das Fräulein, eine damals durch und durch übliche

Anrede für unverheiratet Frauen, stolz und mit Würde. „Fräulein, junger Mann", wies sie einmal einen Briefträger zurecht, der sie fälschlicherweise, oder in vorauseilendem Gehorsam mit Frau Knaup angesprochen hatte. Nun, Fräulein Knaup hatte bei meinem ersten Besuch gesagt, ich sollte wiederkommen, wenn ich sonst keine Nadeln mehr verkaufen konnte. Ich nahm das wörtlich und ehrlich. Somit war sie meine letzte Kundin und somit meine letzte Hoffnung, die Zwanziger-Marke noch zu knacken. Ich marschierte also zu ihr und verkündete treuherzig, dass ich nun niemanden mehr wüste, der meine Nadeln kaufen wollte. Und da sei ich jetzt. So saß sie in der Falle. Sie kaufte und ich war glücklich. Auf die Idee, dass ihr die zwei Mark nicht leichtfielen, war ich erst gar nicht gekommen. Das lag auch daran, dass ich zu jener Zeit einfach noch kein Verhältnis zum Geld hatte. Wenn wir etwas benötigten, dann ging Mutter an ihre abschließbare Nachttischschublade und nahm Geld heraus. In den ersten Schuljahren noch glaubte ich, dass das Geld immer da sei und irgendwie, gewissermaßen automatisch in die Schublade gelangte. Ich hatte keinen Grund, weiter darüber nachzudenken, solange alles in Ordnung war.

Bald darauf ging meine Zeit als Messdiener zu Ende. Denn nach der achten Klasse war Schluss mit der Schule, ich würde eine Lehre beginnen und damit aus dem Messdienst ausscheiden.

Jahreszeiten

Jede Jahreszeit hielt Abwechslungen und manchmal auch Neues für uns bereit.

Im Winter, wenn Schnee lag und Teiche und Seen zugefroren waren, dann packte ich meine Schlittschuhe aus. Mit dem Schlitten hatten wir es weniger, denn um ordentliche Anhänge zum Schlittenvergnügen zu haben, hätten wir weit ans andere Ende der Stadt fahren müssen. Aber in unserer Nähe, nur ein paar hundert Meter entfernt, befanden sich einige Fischteiche und kleinere Seen, die regelmäßig zufroren und zum Schlittschuhlaufen einluden. Nachmittags trafen wir uns, alle Jungs aus der näheren und weiteren Umgebung waren dann auf dem Eis zu finden. Die größeren spielten Eishockey und die kleineren, zu denen auch ich gehörte, fuhren einfach so rum; probierten Figuren und machten Gummieis. Gummieis entstand dann, wenn wir, einer hinter dem anderen in schneller Abfolge immer über die gleiche Stelle, am besten am Rande der Eisfläche, fuhren. Das Eis wurde dann weich, eben wie Gummi und schließlich hatte einer Pech und brach ein. Meistens harmlos, weil es am Rande geschah, aber nasse Füße gab es immer. Das gehörte dazu.

Die Schlittschuhe bestanden lediglich aus Kufen und wurden mit seitlichen

Verschraubungen einfach unter die Sohlen und Absätze unserer Schuhe geschraubt, und los ging's. Das war nicht von allen Eltern gerne gesehen, denn so manches Mal gingen dabei die Absätze zu Bruch und der Schuster musste bemüht werden, was wiederum Geld kostete.

Von großer Wichtigkeit war es, wollte man Kurven und Figuren fahren, dass die Kufen messerscharf waren und sie sollten daher unbedingt einen Hohlschliff haben. Doch das war mit Feile und den üblichen Hausmitteln schwer zu machen. Doch wozu arbeitete Vater bei der Bahn? Dort gab es jede Menge Maschinen und auch Schlosser, die sich auf einen erstklassigen Hohlschliff verstanden. Mein Equipment war also immer picobello. Und da ich klein und wendig war, hatte ich es bald drauf und auch den Respekt der großen Jungs, der Noltes, Schafenbaums und Apfelbaums und Brinks, und wie sie alle hießen, von denen manche schon rauchten und schon in die siebte und achte Klasse gingen. Sie nahmen mich, zumindest was das Schlittschuhlaufen anging, in ihrer Mitte auf und manchmal durfte ich auch bei den Eishockeyspielen mitmachen. An solchen bitterkalten, aber auch sonnigen Tagen, blieben wir auf dem Eis bis es dunkel wurde und manchmal machten wir auch in der beginnenden Dämmerung ein Feuer auf dem Eis. Wir hatten eine Menge Spaß.

Die Höhepunkte des Sommers waren die diversen öffentlichen Feste, Schützenfest, Reitturniere und die große Kirmes, das Liborifest. Ich liebte das Schützenfest. Da war immer so richtig was los. Unsere Familie war ganz und gar nicht militärisch, aber ich war begeistert von den Umzügen der Marschmusik und dem bunten Treiben. Das Schützenfest fand immer auf dem Schützenplatz statt, der eine bemerkenswerte Einrichtung war und, so hörte ich einmal, zu den schönsten in Deutschland zählte. In der Mitte des großen Wiesenplatzes, der vollständig von Wald umgeben war, befand sich eine große, uralte Kastanie. Um diese herum hatte man eine Anschüttung gemacht, so dass eine Erhöhung wie ein Thron entstand. Auf diesem nahm der jährlich neu auszuschießende Schützenkönig nebst Königin und Hofstaat die Paraden der einzelnen Kompanien ab.

Die Kompanien, es gab insgesamt fünf – jeder historische Stadtteil hatte seine Kompanie – hatten am Rande des Platzes, unter lichten und schattigen Eichenbäumen, ihre Vereinshäuschen. Sie waren stets solide und weitgehend in Eigenleistung gebaut, in denen sich die Schützenbrüder auch unterjährig zu Festivitäten trafen. Im Sommer und zum Schützenfest wurden Bierzeltgarnituren vor die Kompaniehäuser gestellt und die vielen Gäste bewirtet. Ein Schützenfest ging und geht gewöhnlich über ein ganzes Wochenende, fing freitagabends mit einem

Zapfenstreich an und fand seinen Höhepunkt am Montag beim Frühstück. Erst am späten Montagabend wurde das Fest mit einem prächtigen Feuerwerk beendet. Wenn man mich an diesen Wochenenden suchte, auf dem Schützenplatz fand man mich garantiert.

Den Höhepunkt des Festes aber bildete unbestritten das Frühstück aller Schützenbrüder und ihrer Gäste am Montag des Festwochenendes. Frauen hatten so gut wie keinen Zugang zu diesem Männervergnügen am Montag, dafür aber die üblichen politischen und in großer Zahl auch kirchliche Würdenträger. Natürlich gab es zum Frühstück für jeden Schützen und seine Besucher allerhand Stärkendes zu essen. Hauptbestandteil der Mahlzeit aber war, wie an allen Festtagen, das Bier. Um dieses Getränk rankten sich bemerkenswerte Rituale. War nämlich eines, der meistens hundert Liter fassenden Fässer leer, so wurde ein neues aus dem Lager herbeigekarrt. Meistens handelte es sich dabei um Spenden irgendwelcher Würdenträger, Geschäftsleute, Prälaten, Fraktionsvorsitzende oder anderer, die gerne in der Öffentlichkeit standen. Der Spender des neuen Fasses setzte sich dann rittlings auf das leere, das auf einer Lafette befestigt von einem Dutzend, meist schon sehr angeheiterter Schützenbrüder gezogen wurde. Vorweg marschierte, rumtätä, eine Musikkapelle. Da war richtig was los und ich hatte immer viel Spaß, auch wenn ich noch kein Bier trank.

Die größte und sicher auch aufwändigste Festivität in unserer Stadt aber war das jährliche Liborifest, von dem es hieß, es sei das größte in Westfalen.

Den Kern des Liborifestes bildeten sicher die kirchlichen Dinge, wie die Ausstellung der Gebeine des heiligen Namensgebers. Aber all dies Brimborium interessierte mich nicht. Die Kirmes und der dazugehörige, sogenannte Pottmarkt, waren mein Ding. Zum Pottmarkt hatten sich dicht an dicht, rund um den Dom Händler mit allerlei Waren niedergelassen, die man sonst in Kaufhäusern und auf Wochenmärkten nicht fand. Wundersalben, Küchengeräte jeder Art, Gewürze in Massen und natürlich Pötte, in jeder Ausprägung, zur Zierde, in Keramik und Metall zum Kochen. So musste es um die Domkirchen im Mittelalter ausgesehen haben. Zwischen den Ständen schoben sich wahre Menschenmassen und dazwischen immer wieder, meistens im Pulk, schwarzgewandtes Kirchenvolk.

Über eine schmale Straße ging es vom Pottmarkt zur eigentlichen Kirmes. Auf der Straße, die nach dem Namensgeber des Festes benannt war und ist, waren Dutzende von Fahrgeschäften, Brezelbuden, Bratwurststände und Losbuden zu beiden Seiten aufgebaut. Auch hier war kaum ein Durchkommen. So ging das über eine ganze Woche.

Es war ganz selbstverständlich, dass die komplette Familie das Fest besuchte und dazu gehörte natürlich auch der ausgiebige Bummel über den Berg, an dem wir Kinder natürlich am ehesten interessiert waren. Die Besichtigung des goldenen Schreins, mit den wohl längst vermoderten Knochen des Heiligen, das war für uns Kinder eher abstrakt; die Kirmes und der Pottmarkt dagegen waren real. Doch zuerst wurde der Schrein im Dom besichtigt, dann der Pottmarkt und endlich auch die Kirmes. In dieser Zeit bekamen wir dann von Oma und auch von Vater ein Taschengeld, das sonst in unserer Familie gänzlich unbekannt war. Gewöhnlich hatte ich dann so ein paar Mark in der Tasche und das stellte mich vor schwierige Entscheidungen. Einmal Autoscooter kostete fünfzig Pfenning. Eine Plättchen-Pistole aber kostete fünf oder auch sieben Mark. Ich wählte die Karussells. Die obligatorische Bratwurst am Stand der Metzgerei Broer, bezahlte natürlich Vater. Dafür mussten wir unser Taschengeld nicht opfern.

Im August war dann Libori vorbei und das Leben nahm wieder seinen gewohnten Lauf. Bald würde man den Spätsommer schon spüren. Mutter sagte immer: „Mit den Gauklern geht das Licht." Und tatsächlich. War Libori dann zu Ende, wurden die Tage auch wieder kürzer. Der Spätsommer zeigte sich und jetzt begann die arbeitsreiche Zeit der Ernte. Heu, Getreide, Schweinefutter und was sonst noch alles im

Frühjahr angebaut worden war, musste eingebracht werden.

Kam man im Sommer in unsere Straße, so war es, als schaue man in einen grünen Tunnel, der sich fast über einen Kilometer nach Westen erstreckte. Die mächtigen Kronen der Kastanienallee bildeten ein dichtes Laubdach, dass man trocken blieb, wenn es nicht allzu stark regnete. Doch schon im August, wenn die Tage kürzer wurden, färbte sich das Laub gelb und die Früchte der Bäume wurden sichtbar. Je mehr der stacheligen pflaumengroßen Früchte wir entdecken konnten, umso vielversprechender würde die Ernte ausfallen, die wir schon gespannt erwarteten.

Spätestens dann im Oktober, je nach Witterung und Reifegrad fielen die Stachelkugeln zu Boden, platzen auf und gaben ihre braun weiß glänzende Frucht frei. Die Straße war dann derart mit Schalen und Kastanien bedeckt, dass man mit dem Fahrrad nur mühsam vorankam. Für uns, die Anwohner war das alles eher ärgerlich, hatten wir doch die ganze Arbeit mit dem sperrigen Laub und den glitschigen Schalen. Die Kastanien eigneten sich nicht als Viehfutter, allenfalls zum Basteln, also insgesamt nutzloses Zeug! Doch hatten wir einen Schatz vor der Haustür und ahnten es nicht. Das sollte sich bald ändern.

Im nahe gelegenen Dorf Neuhaus, das erst später den Namenszusatz Schloss erhielt, hatte ein großes Industriewerk seinen Sitz und seine Produktion. Der Besitzer und Unternehmer war ein begeisterter Jäger mit einer eigenen großen Jagd. Um die Hege des Wildes im Winter sicherzustellen, musste er große Mengen Futter organisieren und für die Wildtiere bereitstellen. Rehe, Hirsche und Wildschweine fressen Kastanien und so kam der Unternehmer auf die Idee, Kastanien zur Wildfütterung einzusammeln. Flugs wurde ein Aufruf am Fabriktor befestigt und nach ein paar Tagen hatte sich die Sache bis zu uns herumgesprochen, dass jemand für diesen Abfall bezahlen würde. Wir organisierten also ein paar Säcke, sammelten so ein paar Zentner der Früchte und lieferten sie mit einem Handkarren auf dem Fabrikgelände ab. Dort hatte man extra in einer Halle eine Ecke reserviert, eine Waage aufgestellt und ein paar Arbeiter abgeordnet, die alles wogen, die Menge notierten und uns die Quittung aushändigten. An der Kasse im Verwaltungsgebäude, das sich ebenfalls auf dem Fabrikgelände befand, konnten wir unseren Lohn in Empfang nehmen. Wir staunten nicht schlecht. Für einen Nachmittag Auflesen hatten wir für den Zentner acht Mark bekommen. Für die nahrhaften und wertvollen Eicheln gab es sogar zwölf Mark; aber da wir nur einen Eichbaum hatten, der weit und breit der einzige war, kamen nicht viele Früchte zusammen. Wir konzentrierten uns also auf das Kastaniengeschäft. Bei uns und in der gesamten Nachbarschaft war das Sammeln bald ein großes Thema und die Erwachsenen verglichen die Preise der Kastanien mit denen der Kartoffeln. Der Vergleich ging zugunsten der Kastanien aus.

So ging das einige Zeit gut. Inzwischen hatte sich die lukrative Einnahmequelle aber herumgesprochen und wenn die Kastanien fielen, tauchten auf einmal Leute auf, die nicht in unserer Straße wohnten. Wir waren empört und wehrten uns. Denn selbstverständlich betrachteten wir die Kastanien, die entlang unserer Grundstücke fielen, als unser Eigentum. Schließlich hatten wir ja auch später, wenn dann das Laub fiel, auch für dessen Entfernung zu sorgen. Das überließ man dann gerne den Anwohnern.

Mit viel Geschrei und so manchem Rempler gelang es uns denn auch, die fremden Sammler zu vertreiben; denn die Fremden schickten immer ihre Kinder vor und wenn sie auftauchten, dann brauchten wir nur unsere Eltern holen und schon waren wir in der Überzahl.

Von Jahr zu Jahr stiegen die Preise für die Kastanien; wahrscheinlich deshalb, weil es nicht genug Angebot an Winterfutter gab. Uns sollte das nur recht sein. Inzwischen war diese Einnahmequelle ein fester Bestandteil in Mutters

Haushaltsgeld und alle hatten guten Grund, sich auf den Herbst zu freuen.

Doch nach einigen Jahren war das Sammeln gegen Geld vorbei. Es hieß, der Unternehmer hätte die Jagd aufgegeben. Unsere Kastanien waren nicht mehr gefragt! Die weiß-braunen glatten Knollen wanderten nicht mehr in die Mägen der Wildtiere, sondern auf den Kompost.

Herbstregen, Schnee und Winterstürme würden die Reste von Laub und Schalen davontragen und im Frühjahr würde alles wieder grün sprießen – wie in jedem Jahr.

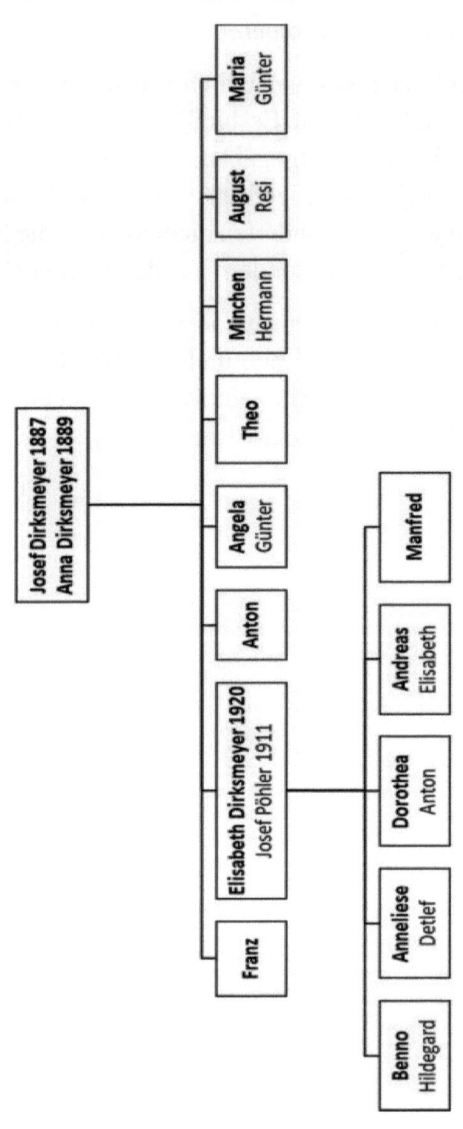

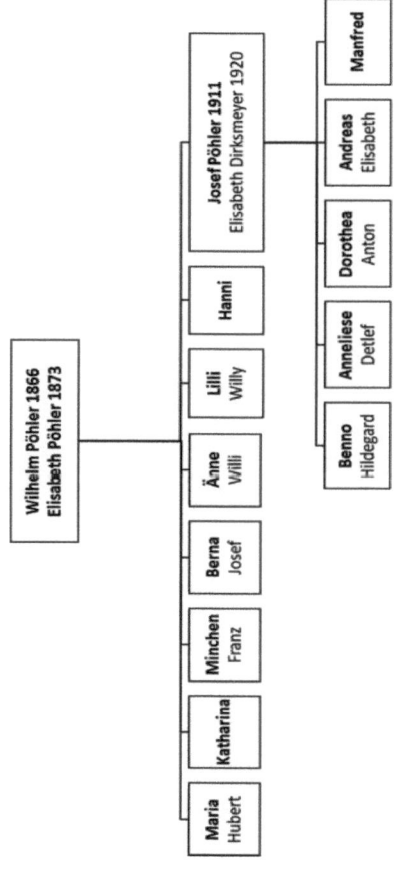

Wilhelm Pöhler 1866
Elisabeth Pöhler 1873

Maria
Hubert

Katharina

Minchen
Franz

Berna
Josef

Änne
Willi

Lilli
Willy

Hanni

Josef Pöhler 1911
Elisabeth Dirksmeyer 1920

Benno
Hildegard

Anneliese
Detlef

Dorothea
Anton

Andreas
Elisabeth

Manfred